水中密密缝

水を縫う　寺地はるな

[日] 寺地春奈／著
连子心／译

北京联合出版公司
Beijing United Publishing Co.,Ltd.

图书在版编目（CIP）数据

水中密密缝 /（日）寺地春奈著；连子心译. -- 北京：北京联合出版公司，2023.9
ISBN 978-7-5596-7035-9

Ⅰ.①水… Ⅱ.①寺…②连… Ⅲ.①长篇小说—日本—现代 Ⅳ.①I313.45

中国国家版本馆CIP数据核字（2023）第117962号

北京市版权局著作权合同登记　图字：01-2023-2076号

MIZU WO NUU by Haruna Terachi
Copyright © 2020 Haruna Terachi
All rights reserved.
First published in Japan in 2020 by SHUEISHA Inc., Tokyo.

This Simplified Chinese edition published by arrangement with
SHUEISHA Inc., Tokyo in care of Tuttle-Mori Agency, Inc., Tokyo
through LeMon Three Agency, Shanghai.

水中密密缝

作　　者：（日）寺地春奈　　　译　　者：连子心
出 品 人：赵红仕　　　　　　　出版监制：辛海峰　陈　江
责任编辑：龚　将　　　　　　　特约编辑：王世琛
产品经理：杨　凡　　　　　　　版式设计：任尚洁

北京联合出版公司出版
（北京市西城区德外大街83号楼9层　100088）
北京联合天畅文化传播公司发行
天津光之彩印刷有限公司印刷　新华书店经销
字数 110千字　880毫米×1230毫米　1/32　7印张
2023年9月第1版　2023年9月第1次印刷
ISBN 978-7-5596-7035-9
定价：52.00元

版权所有，侵权必究
未经书面许可，不得以任何方式转载、复制、翻印本书部分或全部内容。
如发现图书质量问题，可联系调换。质量投诉电话：010-88843286/64258472-800

目录
CONTENTS

第一章
水面 ~ 1

第二章
在伞下 ~ 37

第三章
爱之泉 ~ 69

第四章
泳池边的狗 ~ 105

第五章
宁静的湖畔 ~ 137

第六章
流水不会凝滞 ~ 173

第一章
水面

〜〜〜〜〜〜〜〜〜〜〜〜〜〜〜〜
〜〜〜〜〜〜〜〜〜〜〜〜〜〜〜〜

我闻到了一股崭新的布料和皮革混杂的气味，那是刚制作好的校服和书包散发出的刺鼻气味。入学仪式结束后，我们被带往教室。教室里的课桌上贴着印有学号和姓名的纸，写着"四十号　松冈清澄"的座位在窗边第一排。

一片不知从哪里飘来的樱花花瓣沾在窗户玻璃上。外婆说过，今年樱花开得早，也许举办入学仪式的时候就开始落了。事实正如她所料。

"现在请大家依次起立，做自我介绍。介绍姓名、毕业学校或者其他情况都可以，比方说兴趣、喜欢的食物……如果决定了要加入什么社团，也可以告诉大家。"

班主任是一位女老师，看上去和姐姐同龄，我不太确定。听到要做自我介绍，同学们稍稍喧闹起来。

学号为一号的同学站了起来，说："我叫井上贤人，毕业于寝屋川某中。兴趣嘛……嗯，喜欢看电影。社团嘛……还没决定。就这样，谢谢。"

"好，下一个。"

"我叫小野结实香，毕业于门真某中。初中一直在打篮球，高中也想加入篮球社。"

我隔着玻璃用指尖描摹樱花花瓣的轮廓。花瓣边缘泛黄，已经干枯了。它是什么时候沾在这里的呢？

这时，高杉胡桃的声音响起来了，我转头看向她。她坐在中间那一列的第四排，是教室的中心位置。我和她从小学到初中都在同一所学校读书。她个子矮，即使站起来也很矮。校服的袖子遮住了她一半的手背。

"我叫高杉胡桃。"她仅说了一句便立刻坐下了。教室里一片哗然。

"嗯？就这些吗？"班主任小心翼翼地问道。有人扑哧一笑。

"有没有什么兴趣爱好？"

她稍作思考，仍旧坐着回答道："我喜欢石头。"

石头？喜欢石头？石头……英语里叫stone的那个石头？类似灵石之类的？啊，高杉那家伙真奇怪。话说回来，她可真小！像小学生！——我身后传来了一阵窃窃私语。

胡桃抱着双臂，闭上了眼，似乎在说"我不会再开口了"。无论是她向下的嘴角还是绷直的后背，都像极了历史剧里的神秘老人。倒不是每一部历史剧里都有神秘老人，只是一种印象罢了，或者更确切地说，是一种概念。不知道"概念"这个词的用法是否准确，总之，这位神秘老人往往以剑豪的形象出现，或用一截木棍击退坏人，或用竹筷捕获蝇虫，酷极了。我想说的是，高杉胡桃看上去很酷。

不知不觉轮到我了。我看着班主任的眼神，接收到了她的信号，慌忙站了起来。

"我叫松冈清澄，毕业于寝屋川某中。还没决定要加入哪个社团。"

说罢，我松了一口气。我早就决定不说多余的话，因为我不喜欢麻烦。我只想风平浪静地度过接下来三年的高中生活，别无他想。

"不过，因为我喜欢缝纫，可能会加入手工社。"

我感觉到教室里的气氛发生了微妙的变化，可能只是我的感觉而已。我只顾拼命地让自己镇定下来，无暇确认其他事情。

漫长的班会终于结束了，我解放了。我背上双肩包，身后传来了一声"啊"，听上去似乎很痛。

我回过头，只见坐在我后面的男生举着一只胳膊，嘴巴张得老大。他袖子上的扣子似乎被课桌边的金属配件钩到了，挂在垂下的线头上晃来晃去。

我快速看向他桌上的贴纸——"四十一号　宫多雄大"。做完自我介绍之后，我慌乱了一阵，因此不记得这位宫多说了些什么。

我从缝纫包里取出剪刀，帮他剪断了线头。我袖口的扣子金闪闪的，他的却黑乎乎的。

"这身校服是我哥哥穿过的。"宫多似乎注意到了我的视线，缩着肩膀说道，"我哥哥大我四岁，之前也就读于这所高中。我妈说，如果我来这儿上学，就能穿哥哥的校服，所以要求我在这儿读高中。你是不是觉得很过分？"

"这样啊。"

我震惊的不是他竟然用这样的方式选择高中，而是他的"自来熟"。

走出教室，他跟在我身后喊我："喂——喂——"然后喋喋不休地说着班主任很可爱啦，这所学校女生很少啦，初中时最好的朋友去了其他高中，所以他很无聊啦……大概把脑海中浮现出的事全部说了出来。虽然附和他很费劲，但是他的自说自话从某种意义上也让我得到了解脱。

"我走这边。"宫多手指的方向与我家正相反，"你有

LINE[1]吗?"

"啊,嗯……"

交换联系方式对我来说非常困难,因为我不习惯。我为自己的迟钝感到羞愧,宫多却毫不在意地说着"明天开始请多指教",并开朗地对我举起了手。他的门牙很大,眼睛滴溜溜地转,就像一个吉祥物。

对我来说,这是第一次与家人之外的人成为LINE好友。不过,我和家人保持联系并不是因为彼此感情很好,只是有事的时候请求对方帮忙,例如"我可能要迟到了,你帮我拿菜来"或者"没有面包了"之类的。

我内心颇不平静地盯着新添加的宫多的头像(他抱着猫的自拍)看了一会儿,才迈出步子。

母亲没来参加我的入学仪式。我知道她不会来。她向来是工作优先的人,一直没怎么参加过我的学校活动。小学六年级时,我因猜拳落败,成了家校联合会的负责人,联合会的所有工作都是外婆做的。

如果没有外婆,我们大概活不下去——"我们"包括母亲。

今天外婆也很关心我:"要不我去参加你的入学仪式

---

[1] 日本的一款即时通信软件。——编注

吧？"我想，既然已经上了高中，自己的事情尽量自己做，因此郑重地拒绝了她。

我其实不清楚在市政厅工作的母亲具体是做什么的。周围的人都说"佐津子真厉害"，果真如此吗？似乎是她离婚后独自工作并养育两个孩子的缘故。此外，还有诸如"从不抱怨""工作很努力"的夸奖。总之，母亲是个优秀的人。

几年前，附近的小工厂被拆除了，之后重建了六栋独栋小楼。它们有同色的屋顶和外墙，大小一样，类似于娃娃屋。我偶尔会想象，如果从屋顶中间打开它们，会不会出现玩具床、玩具沙发以及穿着衣服的熊和兔子？我知道这样想很傻，然而一旦这梦幻的想象出现在脑海里，就很难轻易拂去。

我家位于那排"娃娃屋"前方，是一栋不起眼的木造二层小楼，没有围墙，也没有树篱。狭窄的庭院里种着两棵梅树，初夏时外婆会摘梅子做梅子糖浆。

大门两侧摆放着母亲和外婆随意买来的芦荟和发财树。不知道是不是由于日照之类的影响，这些植物虽然没有被好好打理，但枝繁叶茂，长势惊人。

初中时，我上学不过要走十分钟。可到了高中却要花费两倍多的时间。新买的运动鞋走起路来有些累脚，都怪我，想着脚会很快长大，因此买了大一号的。

我的视线落在鞋上,这才发现鞋带松了。系鞋带的时候,一位和我穿着同样校服的同学和他身穿西装的母亲从我身旁经过。我听到他们说"中午吃什么?要不要点比萨"之类的话,突然感觉到了饥饿。突如其来的强烈食欲甚至让我有些焦虑。

据说我家的房子是外公建造的。他在我出生前不久去世了,我只看过他的照片。如果为我家的房子制作一份年谱,那么就会有泾渭分明的"外公活着时"和"我出生后"这两段时期,而横跨这两段时期的是"父亲居住的七年"。

父母离婚时,我刚一岁。从我记事起,父亲就是"在外头见的人"。我不知道父母离婚的原因,只能从母亲多次提起的一些事中想象,譬如父亲曾在一天内花完了一个月的零用钱,因此激怒了母亲,被赶出家门,还有婴儿时期的我因为父亲没看顾好而从楼梯上摔下去之类的事。

黑田先生站在我家门口看着我,身上的黑色西装看上去像丧服。他面无表情地举起一只手,后背挺得太直,几乎是后仰的状态。作为男性,他似乎很在意自己过分娇小的体形,他的姿势如实地反映了这一心理。

顺便一提,黑田先生有些近视,眼神不太好,他不常笑并不是因为心情差,而是因为很久以前女友说他"笑起来很丑"，直到现在他还耿耿于怀。邻居大妈们不知道这件事，因此有段时间正儿八经地流传着这样的谣言——"一个面相不好的男人在松冈家进进出出""大概是来讨债的"。实际上，黑田先生不是来讨钱的，而是来送钱的。

"黑田先生，我爸爸还好吗？"

"嗯，还是老样子。"

黑田先生就像浮游的水母一样，两只手挥来挥去。"你父亲一如既往地无法脚踏实地"——他似乎是这个意思。

"今天是入学仪式的日子，让我拍张照吧！"

还没等我回答，黑田先生就举起了手机，说："笑一笑。"

"我不。"我伸出两根手指，面无表情地拍了照。

"笑一笑……什么啊？没意思。"黑田先生把刚拍的照片发给了我父亲，嘴里嘟囔着心中所想的事，自己却没有意识到。我觉得有点儿好笑，不过我什么也没说。

我检查了信箱，里面有寄给松冈文枝的账单——这是给外婆的，还有寄给松冈佐津子的直邮广告——这是给母亲的。我在手中将信件分类。里面没有给我和姐姐的。

"那就下个月再见了。"说罢，黑田先生就转身离去了。一阵风吹来，门前发财树的树叶摇晃着。

厨房里，外婆一边洗平底锅，一边哼歌——"和你喜欢的人，跳舞吧！"我不知道歌名，只知道她的心情不错。

餐桌上放着一盘炒面，上面蒙着一层保鲜膜。

"姐姐呢？"

"出门了。哦，对了，那盘是你的，是豪华版炒面哦。"

外婆一只手拿着洗碗海绵，抬了抬下巴，向我示意餐桌上的东西。

"哦。"我刚说完，肚子就叫了一声。

"什么豪华版呀，就是上面盖了一个煎蛋而已。"

外婆脸上挂着淡淡的微笑。我站在她身边，从冰箱里拿牛奶喝。我怔怔地盯着外婆满是泡沫的手，厨房里充斥着洗洁精的人造柠檬香气。

"你也上高中了呀？"

自从放了春假，外婆不知问了多少遍。外孙上高中这件事令她如此感慨吗？

洗完碗，外婆对正在使用微波炉的我说了句"一会儿见"，便进了自己的房间。

吃完炒面，我去了外婆的房间。只见矮几上放着外婆的针线盒，我感觉这个盖子上绣着手鞠花纹的盒子很久没见过了。

"哦，真罕见啊。"

"我只是锁一下裙边。"

我吃着小馒头,外婆坐在我身旁缝纫——这是我最初的记忆,大概是我两三岁时的事。外婆的膝头摊着许多要缝合的布头,色彩杂乱,却又奇妙地和谐。直到我长大了一些,才知道这叫拼布工艺。外婆说,在母亲和姐姐小的时候,她还给她们缝制过连衣裙和半裙,因为她们想穿的衣服市面上没有。市面上没有,就自己做——我喜欢外婆的这种思考方式。

她有段时间一个劲儿地缝制泰迪熊玩偶,有段时间专注于刺绣。在旁边看的我伸出手说"我想试试",于是外婆便耐心地教我拿针的方法。自那以后,我就沉浸在缝制布头的快乐之中,就像组装塑料玩具一样。我渐渐记住了各式刺绣的针法,如同攻克游戏关卡。

然而,教给我手工乐趣的外婆近五年来很少拿起针线,似乎是因为眼花和肩痛。

不过,直到现在仍没变的是,我会在外婆的房间里缝纫。这里有齐全的工具和书籍,我有不懂的地方,外婆还会教我。

"佐津子让我帮她锁裙边。"

母亲讨厌缝纫,也懒得做饭。不过她有洁癖,会认真地打扫房间。

姐姐也有洁癖,对清洗要求十分苛刻。就因为我三年前唯一一次在晾毛巾前没有把褶子拍平，直到现在她都挖苦我晾衣物的方式太糙。

因此，我们家的家务分担很自然地变成了我和外婆做饭、母亲打扫、姐姐洗衣服。不过，洗衣服可能很快就要成为需要各自完成的工作了。

姐姐要结婚了，秋天就会搬出去。一想到这件事，仿佛有一阵轻风拂过我的心头——那种心情不同于寂寞，而是类似于附近的小工厂被拆除后，看到熟悉的风景突然缺了一块时的怅然。

外婆把母亲的半裙铺在矮几上，我把上好刺绣绷架的手帕也放在那里。"好了，开始吧！"说罢，我施了一礼，开始数针数。针垫上有两根缝纫针、三根刺绣针、六根大头针。开始时一定要数针数，结束时也一样，外婆严格地教过我。接下来就是沿着图样将针扎进手帕里。

"高中生活怎么样？"

我帮小声嘟囔着看不见针眼的外婆穿了线，答道："没什么特别的。可能会加入手工社。"

"手工社里都是女生吧？"

初中时，我曾被班上最会打扮的女生模仿。"喂，松冈，像不像你？"她做了个用手托着脸颊的动作。

在此之前，我被女生们称为"女子力过强的男生"。原因有两个，一是我在烹饪课上切菜的手法娴熟，二是我随身携带缝纫包。

后来，我又被问"你想当女生吗？""你喜欢男生吗？"等问题，真是太蠢了。将烹饪和缝纫等技能与性取向挂钩，真是荒谬。假设果真如此，那又怎么样呢？无论是"这样"还是"那样"，都与旁人无关。我的大脑因为惊讶和愤怒而全速运转，可在其他人看来我始终保持沉默。

自那以后，我虽然没被欺负过，但这个场景总是会浮现在脑海里。家人都认为我没有朋友。

"在学校里能交到朋友就好了，是吧，小清？"

母亲让我放弃做手工，她似乎希望我多运动。她多次对我说，不管我做什么运动，只希望我能和朋友们一起在社团活动中迸发激情、嬉戏玩闹。接着加上一句——"像普通的男生那样"。

我认为母亲所说的"普通的男生"只存在于电视剧或漫画里。

外婆当然不会让我放弃做手工，可她希望我交朋友的热情不逊于母亲。我甚至对此产生了"不愧是母女俩"这种奇妙的敬佩之情。

"对了,今天我和后排的同学说话了。"我小声说道。

外婆的表情像被阳光照射似的突然明朗起来。

"还交换了联系方式。"

"哎呀!哎呀!"外婆说着,身体稍微靠近了。我不动声色地避开了。

"真好呀,小清!真的吗?真的太好了呀!"

她苍白干枯的手放在膝头,看那架势似乎要去做红豆饭[1]。原来我让她这么担心吗?没有朋友是个大问题吗?看来我必须和宫多好好相处——不是"想要",而是"绝对""必须"。

外婆哼着歌,又开始锁裙边,我也重新拿起了针线。一针、两针……我喜欢缝纫时的宁静时光。有时候,我觉得自己的心像一个乱七八糟、被人穿着鞋踩来踩去的房间,可在我慢慢缝纫的时候,这个房间被一点儿一点儿地打扫干净了,四处散落的愤怒和悲伤得到了安抚,脏兮兮的地板也被擦拭干净了。感觉快乐的时候,缝纫又为这个房间建造了新的门窗。打开窗户,阳光照射进来,吹来一阵舒服的风。门外是一片我从未见过的景色。

"小清在刺绣的时候最开心。"

---

1 日本人在遇到可喜可贺的事时会吃红豆饭,以表庆祝。——译注

"嗯。"

我在外婆的教导下尝试了许多事，可唯独对刺绣有别样的感情。即使是绣同一个图案，如果所用布料、线的颜色及种类，或针法不同，就会给人完全不同的印象。

原本是线，反复穿刺之后变成面，接着渐渐有了形状，这个过程让我很兴奋。而且，刺绣不同于染色和印花，只有将线根根叠加，才会产生独特的色彩和质感。这个过程非常迷人，令我沉醉其中。

外婆看着我手中的手帕，小声说："是猫呀。"最近我沉迷于绣直径两厘米左右的猫脸，已经在五块手帕上绣了白猫或黑猫的图案。

"猫鼻子下面紧绷绷的部分绣得非常好。"

不愧是外婆！她很懂我！母亲和姐姐都不喜欢手工，不管看到什么和手工有关的事都反应冷淡。"是吧？小小的，很可爱！"不用照镜子我也能感觉到自己在抿着嘴笑。

绣累了，我就去翻外婆的书柜。我拿起一本名叫《贵妇人礼服设计》的书，外婆扑哧一声笑了。

"你真喜欢那本书啊，以前不是看过吗？"

"因为很有趣啊！这些装饰很繁复。您看这个荷叶边！"

洛可可时代那种用裙撑撑起来的礼服穿上后想必会行动

不便。即便如此，袖口和裙摆处还是会缝上荷叶边和蕾丝，再配上精致奢华的刺绣，完全忽视了舒适感和实用性。无论怎么想，那都是一种夸张的审美。每翻一页，我的好奇心之芽就会以自己无法控制的速度生长一寸。

"你想穿吗？"

听了外婆的询问，我立刻摇了摇头。束紧的腰部、大开领——全都是为拥有柔美线条的身体而准备的。对我笔直、坚硬的身体来说，有更合适的衣服。

"我想做做看。"

我想知道用什么纸样，如果可以，我还想拆开刺绣部分，亲眼看看那些丝线是如何叠加在一起的。

"小清，你要做礼服吗？果然很像你爸爸。"

说罢，她慌忙用手捂住了嘴。在这个家里，"像爸爸"是一句禁语，母亲会因此心情变差。即使母亲现在不在场，也最好不要说出来。我装作没听见，继续翻书。

"今天晚饭做什么好呢？"

听到外婆这么说，我抬头看了看墙上的时钟，快到下午五点了。

"有厚炸豆腐。做豆腐怎么样？"

"蔬菜室里有包菜，还有新洋葱，都切了行吗？"

"用清汤煮包菜、新洋葱和培根，再用面包机把厚炸豆腐烤脆。冰箱里不是还有冷冻的豆饭吗？拿出来就好了。"

我一边和外婆商量晚饭的食谱，一边走向厨房。

在厨房里洗蔬菜的时候，我嘴里嘟囔着"女子力"。我不懂什么叫"像女生"和"像男生"。我不由得想，有这么麻烦吗？擅长烹饪、缝纫不应该不论性别地称为"生活力"吗？不应该和擅长机械、处理数字同属于"生活力"吗？每个人在自己擅长的领域靠"生活力"生存下去，这样不行吗？

玄关处传来了声响。"我回来了！"一股香气抢先飘进了厨房。"我买了炸鸡块！小清，你喜欢吧？"母亲的声音中夹杂着卫生间的流水声。

只听咚的一声，我循声看向放在桌上的纸袋，里面的炸鸡块分量令人难以置信。

"有一整只鸡那么多。"

"别提整鸡嘛，搞得我没食欲啦。"

母亲皱着眉打开冰箱。她平时常常教育我不能乱花钱，她自己却做不到，虽然算不上大手大脚。

"入学仪式顺利吗？"

"嗯，钱都交了。"

母亲以学杂费的名义交给我的现金比我模糊的想象数额

多得多。我选了公立高中，本想着可以减轻经济负担，可是人们常说的"公立学校便宜"终究只是相较于私立学校而已。

母亲常说供我上大学的钱还是有的，不过我非常清楚家里并不富裕。母亲追求的是社会平均生活水平。我上初中时，她给我买我没有主动索要的手机一定也是因为这个。

姐姐高中毕业后就在课外辅导机构工作至今。我也打算不上大学，高中毕业就去工作。别说高中毕业，我甚至想马上去做兼职。那样一来，我就能买更多布料和丝线。虽然母亲说需要钱的时候就告诉她，但那只针对买习题集和像普通男生那样和同学玩耍的时候。"我要去手工店，给我钱"，这样的话我说不出口。

我在餐桌前摆盘子时，姐姐回来了。一走进起居室，她就一屁股坐下了。她的后背晃来晃去，像水草一样。

"你呀，快去洗手！手！"

"回家后的第一件事！洗手！漱口！"母亲像训斥小孩子一样，严厉地用食指指着姐姐。

"好，我知道了。"姐姐嘴上迅速应着，身体却异常缓慢地向卫生间移动。我目送着姐姐的背影，往碗里盛米饭。

"结婚可真累啊。"

姐姐似乎懒得拿筷子，又叹了口气。她说刚去看了举办婚礼的场地。她正在筹划一场餐厅婚礼，可要决定的事项太多，光是听别人介绍就筋疲力尽。

"为什么要在餐厅举办呢？"

"那样比较省钱。"

确实是精打细算的姐姐的风格。她在入职前根本不化妆，打工赚的钱也都存了起来，无论外表还是行为都和华丽毫无关联。即使现在在课外辅导机构工作，她也只是每天穿像制服一样的深蓝色或灰色的西装套装去上班，身体稍有不适的时候也不请假。

也许她不是精打细算，只是胆小罢了，毕竟她的口头禅是"我做不到"。刺激的游乐设施、蹦极、红色的口红、华丽的美甲……她统一以"做不到"为由拒绝。她似乎想拼命远离任何稍微偏离日常生活的事物。

起初姐姐拒绝举办婚礼，但她未婚夫的母亲恳切地拜托她，无奈之下才决定举办。在解释这件事时，姐姐多次提到了"麻烦""面子"等词语。

"请帖之类的，我还想自己做呢……不过绀野先生擅长操作电脑，他说由他来做。"

每次姐姐说"绀野先生"的时候，我都感到奇怪。在未婚夫的姓氏后加上"先生"二字实在见外。在他们二人独处的时候,她会用昵称称呼对方或者调情吗?我嘴里塞满了炸鸡块,不太愿意想象和绀野先生调情的姐姐的样子。

"小清,你把杯子放在那儿,肯定会掉下去。"

母亲注视着我的手。我不情不愿地把杯子往里推了推。如果杯子真的掉下去了,她一定会得意地说:"你看吧!我就说吧!"我从她的眼神中看出来了。

除了"我就说吧",母亲还常说"算了吧"。如果你问"要不要去便利店",她就回答"算了吧,看起来要下雨";如果你问"要不要吃零食",她就回答"算了吧,马上要吃饭了"……只要问她,就会重复这样的对话。

"别在餐厅办,婚庆公司那种一条龙服务不是更轻松吗?"如果把自己准备花费的工夫算进去,一条龙服务也没有那么贵——母亲的主张大致是这样。"比方说那个场地,就那个……"

听到母亲说的场地名,姐姐的脑袋前后左右地摇晃着,仿佛被恶灵附身了。外婆看到后惊恐地放下了筷子。

"我之前去看了,那里不行。"

耀眼夺目的白色小教堂、粉玫瑰做成的心形烛台、宛如公主裙一样亮闪闪又轻飘飘的华丽婚纱,还有用心形气球装饰婚纱照等亮闪闪的舞台效果……她说,绝对接受不了。

"亮闪闪的不是理所当然的吗?你可是新娘呀!"

"太羞耻了,我接受不了。而且没有一件我能穿的婚纱。"

宛如公主裙一样亮闪闪、轻飘飘的婚纱到底哪里令她无法接受呢?我完全不懂羞耻是什么样的感觉。这样的婚纱配上白皙、纤细的姐姐一定合适极了!适合自己的装扮到底哪里令人羞耻呢?

"我想做做看。"刚才我对外婆说的话突然浮现在脑海中。如果没有姐姐能穿的婚纱,那么我做一件不就行了吗?

"哪里有那种朴素一些的……"

我迅速咽下口中的米饭,叫了一声:"姐姐!"甚至因为太过焦急而破了音,"要不我给你做一件婚纱吧?不是那种亮闪闪、轻飘飘的。"

"啊?"姐姐上半身往后仰的时候,膝盖撞到了桌板。受到她动作的冲击,我碗里的味噌汤狠狠地晃动了一下。"怎么了,这么没规矩?"母亲皱着眉说。

"这样可以吗?"

我虽然没有缝制婚纱的经验,不过感觉和在家政课上缝制围裙、睡衣没什么不同。选好样子,按照步骤缝制,应该能做出来。

"外婆，我们做做看吧！"

"啊？我也做？"外婆一脸惊讶地双臂抱胸。

"您不是给妈妈和姐姐缝制过连衣裙和半裙吗？"

"那是很久以前的事。"

"算了吧。"母亲打断了我们的对话。

"又是'算了吧'。为什么？"

母亲的表情更阴沉了："如果穿着业余的人做的婚纱举行婚礼，那水青就太可怜了，不体面。"

"哪有？这有什么不体面的……"

姐姐小心翼翼地一会儿看向我，一会儿看向母亲。

"你来做婚纱，怎么可能呢？算了吧。"

"为什么？为什么您认定我不行？不试试怎么知道？"

"我就是知道。还是算了吧。本来，本来……那种事……"

我等着"那种事"之后的话，母亲却陷入了沉默。

那种事，"和你父亲一样做那种事"——她想说的一定是这句话。

我生气地放下筷子，筷子尖儿碰到了盘子，发出了令人不悦的响声。

他变矮了。

我看着手扶低矮的栅栏俯瞰河流的父亲的背影，惊讶于他的矮小。和老师以及同学们的父亲相比，我父亲显得格外年轻。在我心里，他的个子还算高，但总觉得从去年开始他变矮了。

"爸爸，您是不是变矮了？"

"是你长高了。"

我和他并肩站着，脸几乎同一高度。

"你很快就会超过我。"

显得年轻并不是优点，至少对父亲来说是这样的，因为他看起来极其不可靠。

每隔几个月，他就会这样把我叫出来。当他无法满足于黑田先生每个月发给他的照片时，他就会来见我。他应该也想见姐姐，无奈姐姐拒绝了，因此一直没见到她。

姐姐说过，不是无法原谅他，也不是恨他，只是觉得麻烦。

确实很麻烦，每次母亲知道我见过父亲，总是有点儿不高兴。有点儿不高兴又会带来更多怨言。

虽说是和父亲见面，但并没有做什么特别的事，只是漫无目的地走路，聊些鸡皮蒜皮的小事而已。他很少带我去吃东西，更别说给我零用钱了。"我没有钱。"他毫不愧疚地说。据说他的工资每个月不知不觉就花光了。

他认真地对我说："我的钱包里可能住着一个小人儿，会带着纸币和硬币出去玩耍。"我真的很担心他，不过他说他只是开玩笑。因为太无趣了，我甚至没意识到那是玩笑。

一列红色的特快列车从高架桥上驶过。星期日下午，开往京都的电车上乘客满登登的。

我的视线落在水面上，只见一个黑影嗖地游走了。可能是鲤鱼。水面过于刺眼，我看不清楚。姐姐说她在这条河里见过海狸，我还没见过。河边的小路上几乎没有行人，一个推着手推车的老婆婆慢悠悠地走过去了。

以前母亲在看介绍南方小岛生活的电视节目时说："在这种悠闲的地方生活可能也不错。"可我觉得现在居住的街区已经够悠闲了，我总想打哈欠。

"小清，水青要结婚了？"

父亲一边从口袋里翻出薄荷糖罐，一边生涩地说出了姐姐的名字。我盯着他，沉默地看了一阵子。他把一颗薄荷糖倒在手心里——这个简单的动作为什么费了那么多工夫？他的手肘撞到了栅栏，薄荷糖撒了一地。"啊呀！"他发出了惨兮兮的声音。

"结婚对象怎么样？"

"怎么说呢……就是一个普通的好人。"

"一个普通的好人",我知道这不是赞美,可我只能这么形容。我总不能说"跟父亲您完全相反"吧。

外婆评价绀野先生就像"身穿衣服的善良的化身"。母亲似乎非常喜欢他的踏实,罕见地对姐姐说绝对不能放手。

姐姐选择了"身穿衣服的善良的化身"作为结婚对象,她或许是正确的。正确意味着不会让母亲皱眉——选择正确的结婚对象,正确地生育,正确地养育孩子,正确地老去。

姐姐真厉害。这不是讽刺,我发自内心地这样想。走母亲所说的"正常地就业、正常地结婚、组建正常的家庭"之路并不如她想的那样简单。我连正常地交朋友都做不到。

"是吗?是个好人吗?"

我看着父亲小声嘟囔的侧脸,有点儿不忍,只好移开视线。

我五岁时,父亲来过家里一次。那是在圣诞节前夕。

"我绝对不穿!"

姐姐这样说着,把父亲带来的称为"圣诞礼物"的连衣裙扔在地上。落在地上之前,轻飘飘的布料改变了形状,有一种奇妙的美感。那条连衣裙应该是父亲缝制的。

之后父亲再也没来过,取而代之的是每个月都来的黑田先生。

"爸爸,做衣服很费劲吗?"

父亲似乎有些困惑地用食指挠了挠眉毛。

"你爸爸曾经很厉害。"我至今仍记得黑田先生说过的这句话。"曾经很厉害",终究是过去时。"在你们出生之前,你爸爸做了一件又一件令人惊讶的很酷的衣服。"

很大的白色花瓣和叶子从河流上游漂过来了。我不知道那朵花的名字。外婆教过我一个美丽的词语——花筏[1]。除了樱花,"花筏"这个词可以用来形容其他花吗?

"我要和外婆一起缝制姐姐的婚纱。"

"咦?"父亲的声音有些雀跃,"小清那么感兴趣吗?"

姐姐还没同意。外婆虽然说"既然你那么说了,我不会不帮你",可我知道她绝不是因为想做。母亲明确地表示反对,然而,然而,然而……

"你想过将来学服装设计吗?"

如果是母亲,她一定会在听我回答之前斩钉截铁地说:"算了吧。"可是父亲两眼放光地问道:"设计师?打样师?或者造型师?"

"我还没考虑那么多。"

---

[1] 落在水面的樱花花瓣像竹筏一样漂流的样子。——编注

"不管怎样,梦想应该大一点儿。"

我盯着父亲微笑的侧脸。"梦想应该大一点儿",这不是成功人士会说的话吗?

"……算了,我做不到。"

我想知道,怀着成为设计师并建立自己的品牌这一目标,从和歌山的小镇来到大阪的服装设计学校学习,父亲的"大梦想"究竟在哪里破灭了,又是在哪个瞬间觉得自己"做不到"的。是在学校选拔特别优秀的学生去巴黎留学而他落选的时候?还是在本该做设计师的他被大阪的一家服装公司聘为销售人员的时候?或者是让母亲怀孕并结婚的时候?姐姐出生后、我出生后,他是怎么想的?是否后悔被世间的"正常"和"正确"所裹挟?

如果没有和母亲结婚,如果姐姐和我没有出生,他的梦想可能会实现——他也许这样想过,也许时至今日依然这样认为。如果没有我们,是不是会更好?——多次被我咽下的话语又一次涌到嘴边。要是再次咽下,就太苦了。

父亲说了些什么,可他的声音被电车驶过的轰鸣声盖住了,我没听清。河里的鱼扑通一声跳了起来。

扔在地板上的连衣裙是淡淡的水蓝色的,腰间系着同一种布料制成的蝴蝶结。我清楚地记得父亲送衣服给姐姐的事，却不记得他送过我什么。那条连衣裙后来怎么样了？当时父亲有什么反应？我都忘得一干二净。

我洗完澡正在吹头发时，卫生间的门打开了。我和姐姐在镜子里对视了一眼。可能是工作太忙了，姐姐扎好的头发乱糟糟的。

"你回来了。要洗手吗？"

在不够宽敞的洗手池前，我们并肩站着。

"姐姐，当年爸爸做的那条连衣裙后来怎么样了？"

满手泡沫的姐姐"咦"了一声，皱起了眉："干吗突然问这个？"

她沉默了一会儿，于是我重新打开了吹风机。镜子里姐姐的嘴唇在动，但我听不清楚。

"什么？"

"婚纱。你能给我做一件吗？我想要朴素的款式，不是那种亮闪闪、轻飘飘的。"姐姐一口气说完，松了口气。她一直在用力搓洗满是泡沫的双手，没有看我。

"啊……嗯。嗯，当然。"我佯装平静，嘴角却不听使唤。我要缝制婚纱，用自己的双手。我在书上反复看到的那些华丽的蕾丝、刺绣、裙撑撑起来的大裙摆……陆续像花一样在我的脑海中绽放。

"那就拜托你了。"姐姐打开水龙头,水喷涌而出,打湿了她的衣袖,一直溅到肘部附近。

午休时分,同学们在教室里将若干张课桌拼成一座座"岛"。有的"岛"很大,甚至让人想称之为"大陆"。初中时,学校统一供餐,而高中不一样,可以光明正大地和关系好的同学一起拼桌吃饭。

入学仪式已经过去半个多月了。我在讲台附近一个由三张课桌拼成的"岛"上,和以宫多为中心的同学们组成了五人组。

宫多他们热烈地聊着一款我不知道的手机游戏,好像叫作猫咪什么的,据说里面有很多猫咪角色上场战斗[1]。我不玩游戏,因此不懂他们在说什么。从刚才起,我就完全无法加入他们的对话。听到的都是什么"氪金""登录""奖励"之类的词,后来我甚至不再搭腔。

我想起了外婆的脸庞,于是又努力地想跟上他们的话题。因为没朋友不是一件好事,会让家人担心。

---

1 日本游戏公司PONOS发行的一款名为《猫咪大战争》的手机游戏。——译注

"对了,松冈……"

宫多刚说到一半,我就听不到了,因为高杉胡桃突然进入了我的视野。

她所在的地方如果放在世界地图中,就是一座沙子大小的孤岛,而她就在那里。她用筷子夹起鸡蛋卷放进口中,两颊鼓得老高,泰然自若地品尝着鸡蛋卷的味道。看到她的表情,我突然开口道:"抱歉。"

"咦?"

"抱歉。我想看书,先回座位了。"

我背对着张大嘴巴表示惊讶的宫多他们,离开了。

我翻开从图书室借来的一本收集了世界各国民族服饰刺绣的书。我不认为宫多他们会对这本书感兴趣,也不期待他们理解。实际上,那本厚厚的《明治刺绣绘画名品集》也很好,可惜图书室禁止借出。我凝视着图片上丝线的叠加方式,这里是这样、这样……手指也不由自主地跟着动了起来。

我不经意间抬起头来,只见附近几个同学正看着我。某个男女混合四人组中的一个成员模仿着我的手势,咯咯地笑着。

"怎么了?"

我发出了自己意想不到的高亢声音,我知道其他"岛"的同学也注意到了,都朝我看了过来,包括宫多他们。可眼下我已经没有退路了。

"怎么了?有什么事?"

那个同学似乎没有料到会被我喊住,惊讶地瞪大了眼睛。一旁的男生表情僵硬地回答:"啊?什么怎么了?"

"不对,应该问的人是我。你们怎么了?"

"没什么啊,是吧?"

"嗯。"

他们互相帮腔,移开了视线。教室里又恢复了嘈杂,远处的窃窃私语和窃笑声掠过我耳边。

刚走出校门,我就听到有人喊我"小清"。我回过头,一阵劲风刮过。

"小清。"高杉胡桃像小学低年级时那样喊着我的名字。当时我也亲切地喊她"胡桃"。可随着年级升高,我们聊天的机会减少了,以至于我现在不知道该如何称呼她。

"高杉同学?胡桃同学?我该怎么称呼你?"

"都行。"

她姓高杉,因此有段时间课外辅导机构的同学们喊她

"晋作"[1]。她不喜欢那个称呼,所以只要不叫她"晋作",她似乎都无所谓。

"你讨厌高杉晋作吗?"

"倒是不讨厌,只是想活得久一点儿。"

"原来如此。那就……胡桃同学。"

走着走着,操场上棒球队和足球队的声音越来越远了。今天的世界看起来蒙了一层黄色,远处的山若隐若现。春天总是如此,万物的轮廓都会变得模糊。

"别太在意山田他们。"

"山田是谁?"

听了她的话,我才知道模仿我的手势并且窃笑的人姓山田。

"他之前和我们上同一所初中。"

"不记得。"

人们常说个性很重要,可是大概没有比学校更不尊重和发展个性的地方了。好比那不勒斯獒犬或者博美犬混在柴犬群中——群体中会被褒扬的"个性"仅限于这种范畴而已。如果鸭子混入了狗群,那可就麻烦了。而这只鸭子混进鸭群时是一只分辨不出的普通鸭子。即使是这种程度的"个性",

---

[1] 高杉晋作(1839—1867)是日本幕末时期著名的政治家和军事家。——译注

在学校里也会被人取笑,被人窃笑着模仿。

"没关系,我已经习惯了。不过还是谢谢你的关心。"说罢,我看向她。可她不见了。只见她在我身后几米处蹲着,手里拿着一块灰色的石头,正在认真地观察。

"你在干吗?"

"嗯,石头。"

完全没有回答我的问题。我记得她在开学那天说过"喜欢石头",可没想到她会捡路边的石头。

"你总是在放学路上捡石头吗?"

"不总是,基本上周末出去捡。去河边或山上。"

"周末?专程去吗?"

"我会用锉刀打磨石头,直到它变得滑溜溜、有光泽。"

她说她放学后的时间都用来打磨石头。说到"真的会变得很漂亮"的时候,她的脸颊微微泛红。她从口袋里掏出一块像饭团的三角形石头给我看,确实打磨得很好看。她说可以摸摸看,于是我伸出了手,指尖感受到了光滑的触感。

"刚才捡的石头你也会打磨吗?"

胡桃思考了一下,回答:"这一块应该不会。"

"有的石头不想被打磨。这块石头说了,它不想变得滑溜溜、有光泽。"

石头有石头的意识。她认真地说了这样一句拗口的话。

我没听懂,便问她:"你理解石头的意识吗?"

"我一直都想理解。而且,也不是说不光滑就不漂亮,对吧?粗粝硌手的石头也有它们独特的美。我得尊重它们。"

"再见。"她的道别突如其来,我没来得及回应。我以为她生气了,瞬间有些着急。

"小清,你要直走吧?我走这边。"

我沿着河边的小路走了一步,回头看她。只见她大步向前走去,看上去就像一只巨大的书包在移动。

无论是打磨石头的乐趣,还是石头的意识,我都不太明白。虽然不明白,可还是觉得很有趣,因为接触了不了解的事物。比起和兴趣相投者互相说"我懂!我懂!",我更喜欢这样。

这时,口袋里的手机响了——宫多给我发了信息。

"中午你生气了?是不是我说错了什么话?"

不!我差点儿喊出来。宫多没做错什么,只是我那时意识到自己不过是在假装开心而已。

我总是一个人,独来独往。忘记带教科书时,因为没有可以随便借书的对象,所以心有不安。一个人吃便当的时候会感到孤独。可是,如果为了掩饰孤独而装作讨厌自己喜欢的事或装作喜欢自己讨厌的事，就会更加孤独。

追求自己喜欢的事会感到幸福，也会非常痛苦，我能耐得住吗？我打字的手指抖得很厉害。

"不是的，我当时真的只是想看书，一本关于刺绣的书。"

我从口袋里拿出了手帕，将外婆夸奖过的猫咪刺绣图案拍下来发给他。他很快就读了信息。

"就像这样，刺绣是我的爱好。我对游戏真的不感兴趣，只想回到自己的座位上。抱歉。"

我把手机放进口袋里。走了几步，手机又响了。

"咦？太漂亮了吧！松冈，你好厉害！"

我反复地读这条信息。我从不期待被人理解。为什么我会这样想呢？因为之前遇到的人都不理解我。不过，宫多又不是他们。

不知什么时候，鞋带松开了。我蹲下身去，河里的鱼啪的一声跳了起来。水纹不断扩散开来，阳光照耀下的水面被风吹起了涟漪。耀眼的阳光刺痛了我的双眼，眼泪渐渐流了出来。

一些闪亮、摇曳的事物就算看得见，也会因为无形而无法触碰，更无法捧起来保存。太阳一旦被云彩遮住就会看不见。我知道它正因如此才格外美丽。我想，如果能在布上将其再现就好了！那样一来，就能用手指触碰、确认，还能穿在身上。我想做这样的衣服，想让人穿上这样的衣服，尤其是对一切敬而远之、嘴上说着"做不到"的姐姐。闪亮、摇曳的事物正因为无法触碰，所以没有必要放弃，绝对不是"做不到"。

使用哪种布料、剪裁成什么样式、装饰什么饰品——我一开始思考，便无法平静下来。

还有，明天去学校的话，我要请宫多告诉我那个猫咪什么的游戏的事。对自己不喜欢的事没必要装作喜欢，然而我不了解宫多，也从没想过去了解他。

我重新系好鞋带，加快了步伐。

第二章

在伞下

绀野先生送我的雨伞是水蓝色的，明明是雨天用的东西，却像晴天的天空一样明亮。

他突然送我礼物既不是因为纪念日，也不是因为生日，而是因为我一直使用的塑料伞太旧了。

"水青，你不喜欢女生的玩意儿，是吧？"

他清楚地记得我在决定结婚之前——不，是在我们交往之前——说过的话。确切地说，我当时说的是不喜欢可爱的玩意儿。他"嗯，嗯"地点了点头。我心想，在他看来，可爱的玩意儿等于女生的玩意儿啊。

水蓝色的雨伞上印着青色的波点，他之所以判断这把雨伞不像女生的玩意儿，或许是因为它是冷色系的。这把伞，我一次也没用过，因为它的颜色和波点会让我想起父亲送我的那条连衣裙。

起居室的电视里传来一句"梅雨季节还未结束，请大家出门带上雨伞"。从大约十年前开始，母亲每天早上都收看同一档新闻节目。天气预报栏目总是在室外直播。十年间,天气播报员几经轮换,唯一不变的一点是,都是年轻美丽的女性。

下雨天打着伞,下雪天穿着厚外套、呵着白气。我怔怔地想,为什么不在室内播报呢?同时将一块烤吐司放进口中,机械地重复咬和咀嚼的动作。早上的我尝不出食物的味道。

"带上伞哦!"

天气播报员已经说过的话,母亲特意再说了一次。我不知道她是说给我听的,还是说给弟弟清澄听的。我们总是三个人一起吃早餐——外婆早上起不来,这个时间还在睡觉。

"伞、伞、伞!"站在厨房里的母亲像一台坏掉的播放器,不断地重复着。

"啊,好——"

清澄极其敷衍地回应后,母亲终于停止了连续呼叫。

我怔怔地盯着他把牛奶咕嘟咕嘟地倒进咖啡里又随手抓起杯子,感觉他身穿白色校服衬衫的身体看上去又长高了些。他今年成了高中生,最近四肢像植物一样迅速生长。

"带一件羊毛衫什么的比较好。"

待我回过神来,发现母亲的视线不是对着清澄,而是我。

"你的衬衫有些薄。"

母亲做出了抚摸自己肩膀的动作。在她的意识里，内衣在很薄的外衣下隐约可见是件羞耻的事。

"我还要穿外套，没事的。"

我不能像清澄那样敷衍地回应，这是我在这个家里作为姐姐的重要责任。

我现在常穿的两套西装和以前穿的是相同的款式。一套是灰色的，另一套是深蓝色的，我轮换着穿。或许我该重新买一套西装。我夏天也穿长袖衣服，选择不会凸显身体曲线的那种板型——我在入职时就已经决定了。

最先出门的是在市政厅工作的母亲，然后是清澄，最后是我。我们不锁门，因为外婆不工作，整天待在家里。

我偶尔会想象自己结婚离开后这个家会变成什么样子，感觉和现在相比不会有太大变化。无论在学校里还是公司里，常常有人对我说："原来你在啊？"我在家里的存在感也很弱。

公司里的老师都怕热。像今天这样的日子，大家一定会将空调调至很低的温度，因此我应该带上毯子，而不是羊毛衫。毯子、雨伞、干劲儿——我喃喃自语着，这些都是我今天的必需品。

我乘电车上下班。雨似乎下了一整晚，铁轨和下面铺着的满满当当的石头都湿得发亮。

我用手指拨开因潮湿而贴在脸颊上的头发。在站台上等车的人们表情冷淡，似乎各有各的烦恼，也许仅仅是因为"下雨好烦"。

我并没有那么喜欢课外辅导机构的行政工作。不过，只要不是那种需要在人前讲话的工作，哪怕薪资微薄，只要每月按时发放，我干什么都行。

对于那些有礼貌的孩子、蛮横骄纵的孩子、声音高亢的老师、性情温柔的老师、高高在上的家长、待人和蔼的家长……我都没什么兴趣。不过，毕竟是工作，会发放薪水，因此我没有表现出任何喜好，只是公平地处理被交代的工作。

"松冈小姐看起来很认真。"

当我告知同事我要结婚了，美由纪老师这样对我说。她是最受学生欢迎的老师。

"真厉害！工作、家庭两不误！"一旁的男老师笑了，"你的结婚对象是来公司维修打印机的人吧？在工作时间寻觅到了结婚对象，难道不厉害吗？"

别人总说我看起来很认真——这正是我努力至今的目标，而不是"可爱"或者"有女生的样子"。

身材高挑、五官鲜明的美由纪老师涂着红色的口红，身穿紧身半裙，非常适合她。她身穿的领口大开的衣服明显分散了学生和同事们的注意力，可她本人对此毫不介意。她就像一只野生的老虎，生命力充沛。她这一生都不会理解我用"看起来很认真"来武装自己的心情。

我抓住电车里的吊环，茫然地望着窗外，流逝的风景混杂着雨滴的线条。

能在课外辅导机构上班挺好的，不用早早出门，也不会赶上通勤高峰期。我在刚入职不久的时候意识到这一点，非常开心。

我上高中时在电车上遭遇过几次色狼。第一次遇到时，因为恐惧和恶心，我一下车就在站台上呕吐了。

脑海里涌出了不想回忆的往事，我只好一只手抓着吊环，另一只手用手帕捂住嘴，反复地轻轻呼吸。

下车时，雨已经停了。我用手里的塑料伞敲打着地面，缓慢而坚定地向前走去。走过难波桥就是公司。桥头两侧有石狮子，一只张着嘴，另一只闭着嘴——是阿和吽[1]。

我和绀野先生要是也能这样就好了——像阿和吽一样心

---

[1] 通常立于日本寺院山门左右的仁王和狛犬之像，阿张着嘴，吽闭着嘴（在佛教用语中，阿指开口时首先发出的声音，吽指闭口时最后发出的声音，象征诸法的本初与终极）。——译注

意相通[1]。

我想起说到不想举办盛大的婚礼时绀野先生难以言喻的表情。"咦？你不想换颜色吗？不想穿很多可爱的婚纱吗？我倒是没什么，我是男人，不懂那些，也没有憧憬。可女生不是喜欢这些吗？"

绀野先生身边的"女生"或许是这样的，可我不是。我不知该从何说起，也不知该如何解释。不过就算我说了，他也不会懂吧——这种想放弃的念头硬生生地把我的真心话埋在了心底。

我不想穿可爱的婚纱。可无论我怎么解释，绀野先生和清澄都不会理解，因为他们是男人。

我走到公司前，深呼吸了几次，像往常一样对自己说"要平静、严肃地工作，工作时不要流露过多的情感"，然后推开了玻璃门。

放学后，小学生们都是一副疲惫的表情。我不是老师，很少有机会直接接触他们。不过，偶尔会有学生来找同事们闲聊。他们倚在柜台上，想讨好谁似的带着无辜的眼神汇报

---

[1] 日语里有"阿吽之息"这个说法，指感情很好、配合默契。——编注

糟糕的测试成绩或当天的晚饭是猪排饭之类的事。

绀野先生喜欢孩子，听到这些时，他一脸羡慕地说："真的吗？感觉很有趣。"

对我来说，孩子只是人生经验尚少、身材矮小的人类而已。我不觉得有趣，但也不会冷淡或疏远他们。遇到因测验成绩不佳而情绪低落的孩子时，我会一边祈祷他能快些振作起来，一边目送他离去；遇到期待吃猪排饭的孩子时，我也会打心底里说一句"太好了"。

他们背负着父母的期望，走路有些驼背。虽然每个孩子情况各有不同，但是自愿来这里的并不多。

我也一样，小学时上过辅导班，因为母亲希望我那么做。"无论是升学还是就业，都要尽量去'好地方'！"母亲恐怕没有意识到她的这番话是"父母的期望"。

"居然有对孩子期望如此高的父母。"不知何时，母亲这样惊讶地说道，"凡人的孩子终究是凡人，我从没指望过你们有天才的头脑和特殊的才能。我只希望你们好好学习，找一份稳定的工作。"

当我说不去上大学时，母亲哭了，既不是抽泣，也不是啜泣，而是一滴眼泪啪地掉了下来。

"好，我知道了。"我至今仍无法忘记她说这句话时的表情。

凡人的孩子终究是凡人——母亲指的前一个"凡人"可能是父亲。不过，我并不想过她担心的那种追梦人生。无论是过去还是现在，我都没有特别想做的事，我只想努力工作、安静生活，这样的我去大学简直就是浪费钱。我当时的想法仅此而已。

教室门开了，小升初备考班的学生们一齐拥了出来。这个时间段，外面的马路上停满了接学生的车。停了一会儿的雨似乎又开始下了，雨丝在往来车辆的灯光中隐约可见。

让人联想到沙丁鱼或竹荚鱼的人群散开之后，藤枝同学拖着脚步从走廊上走了过来。不知为何，她每次都会向我汇报测验成绩。今天她罕见地一言不发，低着头从柜台前走过。

我跟她打招呼："辛苦了！"

她缓缓地抬起头，摩挲着侧腹说："我肚子痛。"

"一定很难受吧？"

她重重地点了点头，脸上有疲于生活的中年妇女才有的阴影。其他学生都叫她"藤枝"，起初我觉得她的名字很老派，后来才知道那是她的姓氏。

"今天妈妈没来接我，糟糕透了。"

糟、糕、透、了——她吐出的每一个音节都啪嗒啪嗒地落在地板上。

"等一下，等一下！"我想阻止她，声音尴尬地破了音，"怎么办？你不会要一个人回家吧？"

"当然。我妈妈今天上夜班，没办法。"

"太危险了，要不和朋友一起回去？"

"大家都先回去了。"

藤枝同学伸手去推玻璃门，我抓住她的手，不停地说："不行，不行。"我不能让她一个人回家，"你一个人回去很危险，真的。"

"怎么了？发生什么事了？"背后传来了美由纪老师的声音，脚步声逐渐靠近了。

"藤枝同学没人接，她说要一个人回家。"

美由纪老师来回打量我和藤枝同学，可能只有三四秒，我却感觉过了很久，仿佛有一只刚从笼子里放出来的老虎正在逼近。

"哦，这样啊。然后呢？哪里有问题？嗯？哪里？"

美由纪老师的脑袋像节拍器一样有规律地左右摇摆。

"太危险了……"

"可能有点儿危险，不过藤枝同学已经上六年级了，不是吗？"

"是的。"

"回家路上小心点儿，再见。"

美由纪老师两手一拍，发出很大的响声，似乎在宣称到此结束。

我还在想该怎么反驳时，藤枝同学已经走出去了。

"松冈小姐待人可真好呀，还为学生担心。"

"待人可真好"？这种说法太疯狂了。

"那你打算怎么办呢？送她回家？或者帮她叫一辆出租车？你啊，每次见到单独回家的学生都会这样大惊小怪吗？一直都这样吗？"

"不，不是这样的……"

"你啊，松冈小姐，"她压低声音，双手抱胸，对我说，"上辅导班的孩子必须习惯独自回家。"这样做是错的，可我说不出来哪里有错，也没有组织好语言。可能是大脑反应迟钝吧。

"不负责任地待人友善，有时也会招致不友善的结果哦。"

不会的！我想反驳，却开不了口。玻璃门上映出的自己像一个正在被大人教训的孩子。

清澄趴在厨房的桌子上，在速写本上画画。他似乎很专注，我跟他说"我回来了"，他也没有反应。

起居室的灯关着,外婆和母亲已经睡了吗?我坐在清澄对面的椅子上,观察用铅笔画画的他。他的脸离纸太近了,看上去似乎在闻速写本的气味。

真个是奇怪的孩子,我不禁又这样想。他既不像父亲,也不像母亲。他有一对看上去意志坚定的直眉,还有一双淡褐色的眼睛。跟他聊天我有时会觉得不好意思,因为他总是直勾勾地看着我。

清澄还没注意到我。专注是件好事,可现在这样就是近视过头了。我轻轻地拍了拍他的脑袋,他才抬起头来。

"……吓到我了。"

"我回来了。"

"什么时候回来的?我没注意到。"

他握铅笔的姿势很奇怪,弄得手腕一片黑。母亲曾努力地纠正他的握笔姿势,终究是徒劳。不过,母亲说服了自己——他写写画画后洗手就好。

"我要喝牛奶,姐姐,你喝吗?"

他把等量的牛奶倒入两个马克杯,把其中一杯放进了微波炉。我喝不了冷牛奶,他记得很清楚。

"加蜂蜜吗?"

"嗯,我自己加。"

"还是我来吧。对了，你看看那个。"清澄指着速写本，"我考虑了一下婚纱的设计。"

不举办婚礼是最好的选择。然而，在听了绀野母亲的教诲——"举办婚礼是为了告知大家。如果不办，就要带上礼物逐一拜访亲戚家，那不是更麻烦吗？"——之后，我点头同意了。她的话有一定的道理，我也不喜欢麻烦。

说是原创婚礼，听起来不错，实际上我只是不想大张旗鼓，只想办一场小型聚会。婚庆公司提供的方案无一不是令人觉得很羞耻的亮闪闪风格，甚至令我头晕目眩。我们尽量自己准备、制作，还能节省开支。这是我和绀野先生商量之后决定的。

听到清澄说"要不我给你做一件婚纱吧"时，我虽然有些惊讶，但也莫名其妙地接受了。他从小就只喜欢缝纫。起初我以为他崇拜父亲，后来逐渐明白，他只是单纯地享受缝纫的乐趣。

父亲从服装设计学校毕业后就在一家服装公司工作，那是他和母亲结婚时的事。如今，他被服装设计学校的同学黑田先生雇用了，听说在做类似于设计师的工作。清澄似乎经常与他见面，而我已经好多年没见过他了，所以只能说"听说"。

清澄手扶着水槽，不安地窥视我。

"什么?"

"速写本。快看!"

我的回应介于"啊"和"嗯"之间,没多少热情。

我翻开四角卷起的白色封面,首先看见了一件鱼尾婚纱的设计图。完全贴身的轮廓,没有肩带,胸前画了一个箭头,还写了注意事项——这里会加上蝴蝶结刺绣。皮肤露得太多。我按着太阳穴,继续往后翻。第二件婚纱的裙摆非常蓬。他到底有没有听我的要求——朴素?

"怎么样?"

"像迪士尼公主。"

"是吗?哪个公主?"

公主就是公主,问我是哪一个,我也不知该如何回答。

"……腰上这个巨大的蝴蝶结是什么?"

"蝴蝶结就是蝴蝶结喽,是装饰。"

"我不是说要朴素的吗?"

"这些很朴素啊,作为婚纱来说。"

"胸口敞得太开了。"

"婚纱就是这样的呀!"

"这些衣服,我可不穿哦。"

……

几个回合之后，清澄一边夸张地叹气，一边把速写本推到一旁。他手里转着铅笔，气鼓鼓的。

"那你想要什么样的？你画画看。"

我不擅长画画。以前无论我多么努力，音乐和美术的成绩都是等级三[1]。可是这样下去，我就会被迫穿上不喜欢的婚纱。

"长袖，别太凸显曲线。长度的话，太长或太短都不喜欢……"

"这哪是婚纱？！"清澄瞥了一眼我在速写本上画的画，大喊道，"这不是长袖围裙吗？！"

要不干脆就穿长袖围裙吧，正好也是白色的。我闷闷不乐地想，把下巴浸到洗澡水里。我盯着浴室墙壁瓷砖上的裂缝，反复回味清澄说的话——"穿婚纱到底哪里讨厌？我完全无法理解。"

他似乎不是想责备我，只是把"无法理解"这一纯粹的感受传达给我，而我无法反驳。因为你是男人，所以无法理解——我只有这样的想法，可我在开口前就放弃了。也许不是因为他是男人，而是因为他是别人。

---

1 日本中学考查学生在音乐、美术方面的素质，成绩分为五个级别。——译注

我钻进被窝，吹过的头发似乎还有些湿。如果这样睡着，头发就会翘起来，可我已经没有力气再去浴室了。

我不知自己为何如此疲惫，明明很多人都说我现在是最幸福的时候。也许正是因为别人都这么说，我怀疑，如果现在是最幸福的时候，以后就不会那么幸福了。

"到底哪里讨厌？"清澄的声音又出现在我的脑海中。

上小学六年级的时候，我正好和现在的藤枝同学同岁。晚上从辅导班回家时，天已经黑了。夏天的傍晚总是很明亮，可转眼间就到了晚上。我仍然记得当时的震惊。那是发生在秋天的事。

当时，一个男人从马路对面走了过来。起初我以为是父亲，因为两人身影很像。当我意识到他不是父亲的时候，他已经走到了我面前。

我条件反射地转身就跑，身后传来男人的笑声："别跑！别跑！"他边笑边追赶我，似乎以为追赶一个孩子是件容易的事。我听见他在后面悠闲地哈哈大笑。

我想大喊，却发不出声来，只能听到自己无力的喘息声。我听到了唰的一声，那个男人已经跑到我前面去了，从我身旁经过的时候留下了一句"好可爱"。

好可爱——黏糊糊的声音伴随着不悦，久久地在我耳边回响。

我跑回家，出来迎接我的人是外婆。

"裙子被划破了。"

听了外婆的话，我才注意到这件事。原来当时我听到的唰的一声是用刀划破裙子发出的声音。我的裙子上有大量褶子，上面覆了一层玻璃纱，看起来很有分量，所以刀没能伤到我的皮肤。那时的我总是穿这种款式的衣服。

"也许会痛苦，可还是应该说出来。"外婆说服了我，当天我们就报警了。

第二天到学校里说明情况的人也是外婆。当时的班主任是一位男教师，在场的教导主任也是男性。他们一看到我那条被划破的裙子就说什么"轻飘飘的""是因为穿着小女生的衣服，所以特别引人注目吧"之类的话，听上去像是因为我穿了轻飘飘的裙子才成了受害者。

"松冈同学，反正你没有受伤，没什么大事吧？"

"有事。"外婆的声音颤抖着，"请不要用那种话来安慰人，听上去只是在轻视别人的伤痛。"

如果外婆没有这样斩钉截铁地说，我恐怕会陷入更长久的痛苦。直到毕业，我都讨厌见到班主任。我也不再穿裙子了。一旦开始在意裙子，就会开始在意其他东西，诸如衬衫上的蕾丝、袜子的颜色以及头发的长度。我开始讨厌"可爱"，讨厌女生的打扮。

那年临近圣诞节的时候，父亲来家里了。我还记得，当时来送抚养费的父亲站在玄关，不自在地把鼻子埋进围巾里。

"礼物，给你。"

没有包装纸，也没有丝带，只有一个棕色的纸袋，里面整齐地叠放着一条水蓝色的连衣裙。上面没有标签，我立刻意识到这是父亲亲手缝制的。

一旁的清澄已从父亲手里接过了同样的纸袋。我还记得里面的东西是一只蓝色的手提包，帆布质地，没有装饰，或许也是父亲亲手制作的。可能是因为看上去不像上幼儿园用的书包，清澄一脸不高兴。也难怪，没有一个五岁的孩子会因为收到这样的包而感到开心。

"怎么样，水青？"

裙子上的花纹乍一看是圆点，仔细看才发现是水滴的形状。裙摆不惜用料，一提起来就充满了空气，轻飘飘的。

"我不要！"

"咦？"看着站在那里的父亲嘟囔着，我真想大声喊出来。如果是不久前，我一定很高兴，会笑着对他说："好可爱的裙子！谢谢爸爸！"可现在不同了。我不想让他知道我不喜欢这条裙子的原因。谁让他当时不在家呢？谁让他不在我们身边呢？他不知道，我已经变了。

"我绝对不穿！"

我把连衣裙狠狠地摔在地上，径直回到房间里，把自己关起来。我听见走廊里有脚步声，还有母亲说的"你先回去吧"。之后又听到了清澄的询问："爸爸，你还来吗？下次什么时候来？"我用被子蒙住耳朵，因此没听见父亲的答复。

如果有人说我"可爱"，我的耳朵里至今还会嗡嗡作响。我怀疑这个词是不是有什么污浊的意味，例如想用刀划开孩子身穿的裙子的冲动、阴暗的东西、恶意。我在喧嚣声中努力想听清"可爱"到底是什么意思，对方所说的"可爱"到底是哪种意思。

藤枝同学安全到家了吗？我至少应该把伞借给她。我翻了个身，凝视着黑暗，却只能看见熟悉的家具轮廓。

"清澄真是个好孩子。"绀野先生说。

我打开他端给我的盖饭的盖子，一阵热气飘了出来，他领带上的花纹变模糊了。鸡蛋、汤汁和饭上盖着的鸭儿芹的香气扑鼻而来。

这天下午我原本两点上班,可由于和绀野先生约好在他的午休时间见面,于是早早地出门了。我把婚礼的宾客名单递给他,他说了一句"好的,我收下了",像对待一份重要的文件那样双手接过,收进包中。

对于我不想办夸张婚礼的提议,最高兴的恐怕是绀野先生的母亲。她还充满善意地称我为"质朴无华的小姐"。我预感将来可以和她和睦相处。

绀野先生上小学时父亲病故了,母子二人一直相依为命。他们非常相似,譬如在看到孩童和动物时会高兴地眯起眼睛,绷直后背,还有经常笑。

"想为姐姐缝制婚纱,你弟弟真了不起。"

"了不起……"

绀野先生见过清澄一次。清澄话不多,所以大概看上去是个老实、规矩的男孩子。

清澄让我联想到激流或瀑布。他考虑的不是"亲手为姐姐缝制婚纱来取悦她"这样惹人疼爱的事,而是从身体内部迸发出想要尽情摆弄布料和针线的渴望。正因如此,他才闪闪发光,同时还有些许令人害怕。一个内心没有激流的人面对他强大的气势只能呆站着。

"我明明说过想要朴素的设计,可他完全不懂。"

"你真的好好对他说了？而不是被反驳就立刻放弃了？"

被猜中，我只能沉默不语。

"可就算如此……"

绀野先生不知不觉间已经吃了一半鸡蛋鸡肉盖饭，从包里拿出了宾客名单。这家餐厅位于地下，虽然还没到中午，但七成以上的座位坐满了。大多是男职员，偶尔有几个女职员夹在中间，比母亲年长，又比外婆年轻些。我感觉，无论是电车里还是大街上，最常见的就是这个年龄段的女人，或许是因为她们正处于精气神最佳的年纪。

"不少吗？只邀请这些人？"

我只写了几个亲戚和朋友的名字就停手了。我没有邀请同事，因为我对他们说过只邀请家人。

"我们家和亲戚来往少，也没见过爸爸那边的亲戚。"

"至少得邀请你爸爸吧？"

我沉默不语。绀野先生一脸为难，用食指挠了挠眉毛。

长大后，我不再对父亲抱有"坚决不让他来我的婚礼"这一执念。不过，如果我邀请他，母亲一定会不高兴。

"原来如此。不过，就算父母离婚了，父母永远是父母。"

绀野先生似乎邀请了他父亲那边的亲戚。父母永远是父母。这个想法很有他的风格。即使父亲去世了，他依然继承父姓,新年和盂兰盆节必定会去父亲的老家(他用的词是"本家")拜访。

"今天还要去几家公司?"

我将视线下移,转移了话题。我们单独相处的时候,我盯着他手看的时间似乎远多于与他对视的时间。

"下午还要去两家。"

打印机维修人员绀野先生——这是我当时对他仅有的印象。他的脸,我也没认真看过,直到他帮我捡起了掉落的笔。

我掉落的笔骨碌碌地滚到了蹲在打印机前的绀野先生脚边。他捡起来,迅速用指尖拂去了笔上的灰尘,伸手阻止了作势起身的我,径直走来。

"这支笔很好写吧?我也爱用。"

他把笔放在我桌上,没有发出一丝声音。他那双像对待宝石一样对待在便利店花一百多日元就能买到的笔的手、温柔的笑容以及维修打印机时额头渗出的汗珠一齐闯入了我的视野。我想不出能用什么更好的词语来形容它们,这令我十分沮丧。

绀野先生看了看手表,呼出了一口气。

"到时间了?"

"嗯,对不住了。"

我手拿账单，刚想站起来，一只手轻柔地放在我头上。我不讨厌被眼前的这个人、这只手触摸。我当时的直觉是对的——他不会对我构成威胁。

牛肉饼、咖喱、乌冬面的汤汁……饮食店林立的地下商店街气味混浊。

"水青真可爱。"绀野先生以前常常这样说。

在我表示拒绝后，他十分诧异地歪了歪头，问："为什么？"

"没有为什么。"

他正色道："知道了。虽然不懂，但我知道了。不会再说了。"他举起双手，就像在说"投降"。

他是个守信用的人，从那以后再也没说过"可爱"。

"你最好和清澄好好聊聊关于婚纱的事。"

"怎么说呢……他是个凡事都按照自己的想法去做的孩子。"

"那就干脆由他做主？"

"那可不行……"

"啊！真是的！"绀野先生苦恼地挠着头，停下了脚步。走在后面的人超过我们的时候，投来包含"别挡道"意味的目光。

"你应该认真告诉他你希望他怎么做。你认为的'朴素'和……"说着，他举起一只手，"清澄认为的'朴素'……"

他又举起另一只手,"差了这么远!把它们这样……"他交叉双臂,"你明白吗?"

"什么?会发射光线?"

"不是,又不是在说那个。"

他有些生气,可我觉得他的动作酷似奥特曼,才忍不住这样问。

"我是说,你们好好聊聊,直到意见一致。"

他动了动肩膀,强调交叉的部分。

"嗯……"

"你明明没有努力与他沟通,却抱怨'他不懂',我觉得这是不对的。"

又有几个人超过了我们。"是啊。"我沙哑的回应被地下商店街的嘈杂声淹没了。

"努力与他沟通,努力与他沟通……"我一边反复嘀咕,一边盯着打印机里源源不断地出来的纸叠在一起。

我不讨厌复印文件,也不讨厌制作文件或打扫办公室。虽说这些谁都能做,但一旦没人做,就会耽误其他工作。

美由纪老师站在我身旁。

"要复印文件吗?"

"藤枝同学平安到家了。"

我们二人同时开口说道。

"后来我给她家打了电话。"美由纪老师低着头，不愿意和我对视。

"是吗？"

我想说"谢谢"，可是又感觉奇怪，只好继续盯着叠在一起的纸。

"……小时候，我害怕许多东西。"

我到底在说什么？我边说边感到诧异。我到底想对她说什么呢？一直默默听我讲述的美由纪老师也盯着打印机里不断出来的纸。

"可是当自己害怕的东西被别人认为'没什么大不了'时，就更加可怕。现在还是这样。"

嘀——打印机停止了工作。小小的操作屏上出现了"纸张不足"这个提示。

"大家都一样。"

美由纪老师拿起堆在打印机旁的一沓纸，作势要递给我。这时，我们终于面对面了。

"可这并不意味着因为大家都一样，所以必须要忍耐啊。"

"嗯。"

我的视线和美由纪老师的视线相遇了。我看着她张开嘴又闭上，总感觉比平时多了些踌躇。

"谢谢你总是帮我复印东西。"

她把打印纸塞到我手里，转身背对着我。这时，打印机需要补充纸张的提示音又响了起来。

"水青，你打算怎么办？"绀野先生总是这样问我。

没有努力与他沟通——或许绀野先生指的不仅是我和清澄之间的关系，也是对平日的我的一番苦言。

外婆跪坐在我身边，手执软尺，抬起头来对我说："那我要开始量尺寸喽！"

今天我休息，本打算在家里悠闲度日。晾晒衣物时，外婆走了过来，说起了量尺寸一事。

"可设计图还没定啊。"

"无论是什么样的设计，都必须量尺寸。"

于是，我时隔多年再次走进了外婆的房间。

"赶在小清和佐津子回来之前搞定吧！"

"好。"

"量完尺寸，咱们去吃蛋糕吧！对他俩保密哦。"

外婆调皮地眨着眼，似乎提出了什么重要建议。刹那间，我有一种回到小时候的错觉。以前外婆会说着"保密哦",偷偷给我零食吃。她常担心我作为姐姐不得不忍耐,因为她自己正是家中的长姐。

环顾她的房间,我感觉比以前更清爽了。不仅是因为过去矮几上杂乱堆放着的碎布和毛线球没有了,更是因为东西本身减少了。

"我的时间不多了,所以要开始慢慢整理东西。"

外婆似乎察觉到了我的视线,如此解释道。听了她的话,我怔住了。

"您说什么呢,您这么精神!"

"过了七十岁,就不知道什么时候会发生什么事了。"

外婆居然在考虑这些,我完全没有想过。我不知该如何回应,只好紧闭双唇。

外婆用软尺一一测量我的肩围、臂围,记录在手边的笔记本上,叹了口气。

"你真瘦啊。"她又叹了口气,继续说,"送走了你外公,你也要结婚了,没有让我不能安心老去的事情,多幸福啊!佐津子嘛……"她唤了母亲的名字,觉得好笑似的扑哧一声笑了出来,"不管发生什么,她总会有办法的。"

"小清呢?"

"他没问题的,他会成为自己想成为的人。"

我羡慕被外婆如此认定的弟弟,其中还混杂着一丝浊色——一股肮脏阴暗的情绪,令我不由得愤愤地叹息:"真羡慕他啊!"

"我不知道只想做自己喜欢的事是不是很天真,我只是觉得稳定的人生比较好。如今不是那种可以不切实际地幻想的时代了。"

手持铅笔写写画画的外婆突然移开了老花镜,抬头看我的脸。

"时代?"

"是的。"

"在这个时代,稳定是靠不住的。"

外婆脸上浮现出了浅笑,我不知道那是震惊、怜悯,还是其他东西。我难为情地移开视线,看到了一本夹着大量便笺的书。

"我能看看吗,那本书?"

"当然。"

A字廓形礼服、胸下拼接的高腰礼服……板型本身并不复杂。我翻到"缝制顺序"这一页看了几遍,可内容丝毫没进入大脑。

书里有几处清澄手写的笔记,他用荧光笔在不认识的单词旁做了记号,在空白处写下了含义。

"他要是学习也这么认真就好了。"

"这就是小清的特点嘛。"

"外婆,您觉得这本书里的哪件礼服最朴素?"

外婆的视线落在我翻开的书页上,若无其事地应道:"全部。全都很朴素。"

朴素——对于同一个词,不同的人有不同的想法,含义同理。

"你那么讨厌穿婚纱?"外婆问我,语气非常温和,"比如这件,我就觉得很可爱啊。"她指着的那件A字廓形礼服上没有任何装饰,但穿它的人并不会是我。

"就是因为可爱才讨厌。"

外婆没有像清澄一样问我为什么,只是说着"是吗",垂下了眉头。

"你看这个!"她突然掀起了衬衫下摆。

"咦?什么呀?"

"你看,多可爱!"她在衬衫里面穿了一件薄薄的T恤衫,下摆绣着一朵玫瑰,"这是小清为我绣的。"

尖锐的刺,鲜红的花瓣,虽然只是刺绣,但能让人感受到植物的生命力。这大概是我第一次仔细观察弟弟的刺绣作品。我眼中生命力顽强的玫瑰在外婆眼中却是可爱的，就像"朴素"一样，"可爱"也因人而异。

外婆放下衬衫下摆，说："这件T恤衫，我不单穿，因此谁都看不见这朵可爱的玫瑰哦。"

"那刺绣还有什么意义？"

"当然有了！在别人看不见的地方藏着一朵玫瑰，这简直是最棒、最奢侈的'可爱'！"外婆用手指抚摸着藏在衬衫下面的玫瑰。

"对外婆来说，'可爱'是什么呢？"

"是什么呢……"外婆用手托着脸颊，思索了一会儿，"是让自己振奋的东西，能让自己打起精神的东西……水青，你讨厌可爱的东西，这没什么不好。不是所有人都必须追求可爱。只是……"

外婆后面的话，我没听到，因为我放在榻榻米上的手机在振动。是绀野先生打来的电话。

"西瓜。"

我一接起电话，绀野先生就唐突地说出了一种水果的名称。莫非是什么暗号？

"突然说这个干吗？"

"一个西瓜，要不要？嗯……我也不知道，刚才在公司里领的。"

他断断续续地说着，夹杂着喘息声。

"怎么不和你妈一起吃？"

"我妈不喜欢吃西瓜……那个……其实我已经走到你家附近了。"

"啊？"

"我拿过去……你等我啊。"话音刚落，电话就突然挂断了。

"他说要拿西瓜来。"

"哎呀。"外婆向窗外望去，有些担心地把手放在脸颊旁。

"可正在下雨呢。"

"我去看看。"

我在玄关拿起一把塑料伞又放下了，最后选择了水蓝色雨伞——绀野先生送给我的那把。

丝线般又轻又细的雨落了下来，河水似乎比往常混浊。

其实我明白，不是可爱的衣服不好，我的裙子被划破不是因为其设计。别人说我的裙子"轻飘飘的"，我应当发怒的，要是当时发怒了就好了。

为了避免被人说是我的错，我避开了"可爱"。我只是为了证明自己没错而已，不是"可爱"的错。我应该对那些划破我裙子的人、指责是我裙子的错的人发怒,而不是限制自己的着装和行为。可事到如今,都晚了吧?

今后我恐怕仍然不会选择可爱的衣服,不过我会停止把很多事情归咎于"可爱"。把它冲走吧,和这场雨一起。然后重新选择能让我振奋的东西。

我一过桥就看到绀野先生抱着西瓜走过来。他不是一个人,清澄走在他的斜后方。

清澄放学途中碰见了他?只见清澄为他撑着伞。绀野先生的额发淋湿了,贴在脑门上,或许是之前没打伞的缘故。为了不让西瓜掉落,他一脸认真,小心翼翼地慢慢走着。

"可爱。"这个词脱口而出。绀野先生真可爱。无论是检查打印机的时候,还是对我说什么的时候,他都是这样一副表情。拼命努力的绀野先生可爱极了!

虽然雨还在下,但我觉得自己的头顶一下子亮了起来。啊,原来如此!像迎着风,像沐浴着阳光,我终于明白了。啊,原来如此!我说的"可爱",就是喜欢啊!

"绀野先生!"

我大声唤他,他终于向我看来。他先看了看我,又看了看我手中的伞——我从他移动的视线中看出来了。在清澄的伞下,他的脸颊缓缓抬起。

第三章
爱之泉

"妈妈，妈妈！"为什么女儿喊我时总是喊两声？"妈妈，妈妈！"

我有耳朵，喊一遍就够了。"嗯，嗯，我听到了！""嗯，嗯，怎么了？"我朝着起居室的方向大喊，手并没有停止切菜。我没有多余的时间。切完白菜、大葱、豆腐和魔芋丝，最后切肉，然后扔进锅里，再咕嘟咕嘟地倒入酱油。女儿水青没有回应，想必没什么要紧事。

"我好高兴啊，热气腾腾的对面，所有人都在。"一位朋友送我桌上锅作为结婚礼物，包装盒上写着这样一句话，还画着一家人满面笑容地围坐在锅旁的插图。

得到这份礼物时，我腹中的女儿刚满三十二周。我一边抚摸凸起的肚皮，一边笑着说"谢谢你"，不知道当时的我在别人眼中是什么样子。那时的我心里有对未来的一丝不安和许多希望，还有暗下的决心。本以为自己很久之后才会结婚，却突然决定要结婚，是因为我怀孕了。不过，事已至此，我决定好好将腹中的孩子抚养长大。

　　登记结婚后不久,丈夫就住进了我家——我出生的地方。"益夫啊,从某种意义上来说倒是个理想的对象。"当时二十二岁的朋友和我似懂非懂地聊着。我们对结婚和家庭这两个概念有暖色调的印象,坚信即使发生争吵或纠纷,早晚都会像桌上锅盒子上的插图那样,一家人其乐融融地一起吃饭。没办法,谁让我们那时只有二十二岁,什么都不懂。

　　水青不再吃辅食后,我以为桌上锅会大显身手,可一次都没用过。锅物料理也和普通的小菜一样装在盘子里,每次想再盛一点儿都不得不去厨房。女儿如果被电线绊倒就会很危险,更重要的是,女儿若是被热锅烫伤了,那可就太糟糕了。孩子没有区分能力,看见什么都会摸,我总是担惊受怕。

　　就在我以为水青长大了,开始听得懂话的时候,我又怀孕了。这回生的是个男孩子。

　　清澄出生后我才知道,一直觉得麻烦的水青其实是一个非常听话、好养的孩子。如果有所谓的"麻烦婴儿锦标赛",水青不过是在北河内地区预选赛中被淘汰的水平,而清澄即使不能在全国大赛中夺冠,至少也能夺得大阪府冠军。

　　只要没看着他,任何东西都会被他放进嘴里。皮肤干燥、常常感冒、腹泻、起尿布疹、傍晚哭、晚上哭……尤其是我一抱他，他就会心情变差，哭个不停。他外婆一抱，他就不哭了，非常可恨。

哐当。骨碌碌。令人厌恶的声音在我身后响起。我转头一看，只见水青怔怔地站着，小熊碗摔成了两半。碗里是我为清澄盛出来放凉的米饭。她似乎是出于好心想端给清澄，结果摔到了地上。我还没开口，水青已经吓得一动不动了。

在我斥责她之前，她就露出了这样一副要哭的表情，我只能无奈地叹气。我默默地捡起摔成两半的碗，迅速地将地板擦拭干净。水青仍然一动不动的，仿佛被施以魔法，变成了石头。

熟悉的声音传来，母亲终于赶了过来。

"水青，你没受伤吧？"

水青轻轻地点了点头。解除了魔法的女儿拿来了纸巾，想帮忙擦地板。

"好了好了，让你做的话，会增加工作量的。"

母亲把手放在水青肩上，微笑着说："和外婆一起摆筷子吧。"

"别拿筷架！"

母亲面带责备地看着快言快语的我。我不让拿筷架出来是因为之前清澄把它放进嘴里啃。我拼命想避免一切可能会造成误食的危险,但她们都不理解我的心情。

孩子净干没用的事!我还得先她一步拿走筷架。谁让我没时间跟在她身后收拾残局、耐心教导呢?

这时,我听见锅里的汤汁外溢的声音,赶紧把火关小了。

结婚前,我一直以为自己喜欢做饭。可是我错了,我喜欢的只是"心情好的时候,看到书上刊载的时尚料理,专门为它购买食材,不用担心时间,慢慢按照菜谱做"。而一边哄着饿得哇哇大哭的婴儿一边在三十分钟内只用冰箱里的食材做好饭这件事一点儿也不快乐。

我从锅里舀出煮熟的蔬菜,用叉子搅碎。水青是我的第一个孩子,在她小的时候,我参考育儿书做辅食。可如今我没有那种工夫,只能让孩子和大人吃一样的饭。这样一来,吃锅物料理的次数自然就变多了。

一无所知的人会说"听上去轻松多了嘛",还有人说"你不是住在娘家吗?丈夫也对你很好,还会帮你带孩子"之类的话。开玩笑!真是开玩笑!

想到这里,我才发现了异常——清澄太安静了。太奇怪了。如果不足一岁的婴儿很安静,大概率是因为发生了不好的事。

清澄静静地坐在起居室的角落里,面朝墙壁。纸巾盒放在他膝盖上，里面的纸巾全被扯了出来，散落在他身旁。如果母亲看到了，也许会说："哎呀！他就像坐在白云上，真可爱。"然而，我却发出了尖叫声。不仅如此，清澄的嘴里还在咀嚼着什么，我掰开他的嘴，用手指抠出了一团沾满唾液的纸巾。

"阿全！快来！阿全！"

有的夫妻在孩子出生后会很快改口称呼对方"爸爸""妈妈"，但我们没有。我叫他"阿全"是因为他在不好的方面和结婚前相比没有任何变化，而他直呼我的名字大概是因为缺乏已为人父的自知之明。一个有当父亲的自觉的男人是不会在被要求照看孩子时不管不问、消失不见的。

"他到底去哪儿了？"我一只手抱着清澄，穿着拖鞋便冲了出去。

阿全在院子里，蹲在梅树旁边。

"阿飒，你看这个！"

他拿起一片有阳光透过的树叶给我看。

"真厉害，叶脉。真是太棒了！天然的，宛如神的设计！把它做成连衣裙的花纹怎么样？叶脉纹，叶脉啊，叶脉！你不觉得这会是一种有强烈生命力的花纹吗？"

他还没说完，我就用力抓住他的脖子，来回摇晃。

"不知道！什么大自然的设计？！你这个浑蛋！要是你儿子在你悠闲地感受树叶的生命力时被纸巾噎死了，你打算怎么负责？！啊？！"

清澄或许被我的叫声吓到了，哭了起来。他哭的时候总是"呜哇"一声，类似于故事里的哭声。趁我松了劲儿，阿全逃开了。

"怎么了，阿飒？你看起来好可怕……啊！我还以为我要死了！"他夸张地揉着脖子。

我的名字——佐津子——是我父亲取的。他希望我飒爽地活着，于是为我取名飒子。然而，当时"飒"字不是人名用字，因此改成了佐津子[1]。虽然改了字，但父亲的祝愿不变。只有阿全会称呼我"阿飒"。刚交往不久时，我会因为被他这样称呼感到肉麻，但也有些开心。然而，现在的我只有愤怒。不只是称呼，他所做的一切，我都不能原谅。

"阿飒，你是不是有些累？"

是谁的错？是谁的错？是谁的错？

"闭嘴！"

清澄的哭声越来越大，我的耳朵嗡嗡作响。

---

1 在日语中，"飒子"和"佐津子"的发音都是satsuko。——译注

"让你照看孩子,你想什么连衣裙的花纹?!再说了,你算什么设计师?!不过是服装公司的销售员罢了!"

他叹了口气,回到屋里。

"你想当设计师却当不了!"

那时的我非常了解用这句话来刺痛他最有效。我们毕竟是夫妻。

我原以为他结婚后会改变,后来变成"孩子出生后",再后来是"等孩子长大些""生下第二个孩子"……然而他丝毫没变。

我边想边盯着竹下的便当。她的米饭上铺了一层小沙丁鱼和海苔碎,虽然配菜只有鸡蛋卷和圣女果,但看上去非常美味。我一边附和她的话,一边吃三明治。三明治是在市政厅附近的便利店里买的,很快就变得干巴巴的,想必是因为办公室里太干燥了。

"养孩子这件事和我想的完全不一样。"

"我懂。"

"松冈,你也这么想?"

"当然了,经常这么想。"

三十多岁的她在育儿支援科的同事中最年轻。她有两个孩子,女儿上三年级,儿子上一年级。大概是因为我们都生了一对姐弟并且离过婚,我总感觉她和我很亲近。

孩子出生后没有任何改变的不只是丈夫,还有我。我曾见过一些人,原本不喜欢孩子,却在孩子出生后喜欢得不得了。我一直以为自己也会理所当然地变成那样,因为听说雌性激素和母性会像泉水一样喷涌而出。成为母亲,意味着变成爱之泉,无条件地将爱倾注在自己的孩子身上——我从不怀疑这一点。

然而,我错了。倒不是说孩子不够可爱,只是我很难倾注无条件、无偿的爱。孩子哭闹的时候,我通常会感到厌烦;孩子说讨人嫌的话的时候,我比听到别人说的时候生气几十倍。

"唉,我女儿快结婚了,儿子也上高中了。竹下,你的苦日子还在后面呢,辛苦你了。"

"结婚!高中生!"竹下仰天大喊,"总觉得太遥远了,难以想象。"

"没错,不过感觉就是一眨眼的工夫。"

工作、昏厥式入睡、工作、狼吞虎咽式吃饭、继续工作……我就是这样熬过来的。其间发生了许多事,例如和阿全离婚,不过那些都是很久远的事了,我在回想时甚至会眯着眼睛感叹道:"还发生过那件事啊!"

"是吗?我总觉得养孩子没有尽头,会永远持续下去。"

竹下用筷子夹起一大团米饭,上面的小沙丁鱼纷纷掉落。她最近的烦恼都与她儿子有关。

"我女儿倒是懂事得很,毕竟是女生嘛。可是小育……"她儿子名叫小育。她嘴里塞满了米饭,含糊不清地抱怨道:"他很弱。"

我在竹下的手机屏幕里看到一个白皙、瘦削的男孩子正抱着粉色的玩偶微笑着。据说,只要强势的女生略微严厉地提醒几句,他就会立刻哭出来。

"这个玩偶是什么?"

"是小育喜欢的角色,叫'安静松鼠'。"

"安静松鼠?"

"是的,现在在小学女生中很受欢迎。"

"小学女生啊……"我重复道。

竹下听了,微微耸了耸肩。

安静松鼠和现实中的松鼠丝毫不像,有着鸡蛋一样的轮廓和粉色的身体,的确很可爱,只是……

"小育的铅笔盒上也印着这个形象。他选了这个,于是我买给了他。可是他好像在班里被嘲笑了,有人说了'这是女生用的'之类的话。"

我重重地点了点头，说："我懂。"

清澄也是，他曾经想要带蕾丝边的小包。我说那是女生用的，他一脸不可思议地看着我。换作我，即便他想要也不会买给他，因为我知道他在学校里一定会被嘲笑。可我只能对竹下说"我懂"，因为这应该是她想听到的。

"这样下去，小育今后可能会在学校里受欺负。"

"我懂。"

"我儿子啊……"她叹了口气，表情严肃地探出身子继续说，"从小就非常喜欢米卡酱娃娃。"

"咦？米卡酱娃娃？是那个可以换装的娃娃吗？"

竹下用手捂住了嘴。看来，比起娃娃本身，她儿子似乎对换装的衣服更感兴趣。

清澄七岁时打开了水青的旧玩具箱。我以为他在玩，没想到他在掀米卡酱娃娃的裙子。我还没来得及思考就动手敲打了他的脑袋。那时的我还以为他掀裙子是出于性冲动。如今想来，或许那样更好。我不想从他嘴里听到"我只是想知道这条裙子是怎么缝的"。我没打算让他符合所谓的"男子气概"，甚至认为应该摒弃这种过时的想法。我只是不希望他遭受恶意的冷眼。我不希望他在人群中惹人注目，无论是在学校里还是职场上。无论如何,在一个集体中惹人注目没有任何好处。

竹下说:"为了防止他受欺负,我希望他学习空手道或柔道,变得强大。"她的愿望,我非常理解。我也曾建议清澄这么做,但他没有接受。

"一想到他会遭受恶意的冷眼,我就担心得不得了。"

"是的,让人担心。"

如果我说我儿子喜欢做手工,竹下会怎么想?她会更加担忧小育的未来吗?

水青即将在秋天举办婚礼。当清澄说要为姐姐缝制婚纱时,我并不惊讶,只是在心里想,该来的终究来了。或许只有干脆放弃这个想法,我才会轻松些。只要能做到不管他,像母亲那样说"你想怎么做都可以"就好。

"你有失败的权利。"母亲常常这样对我说。

"我不想弹钢琴了。"回荡在脑海里的是自己十一岁时怯生生的声音。

上小学后,母亲同时为我报了钢琴班和珠算班。十岁时,我放弃了学珠算。按照琴谱弹奏,自然会弹成曲子——我学了五年钢琴也不过是这种水平而已,既打动不了别人的心,也没被夸过有才华。十一岁的我已经看见了自己的上限。

"我不想弹钢琴了。"

听罢,母亲停下了手里的针线活儿。

"哦,那我去给老师打电话。"

和听到我说不想去上珠算班时一样,母亲十分爽快地答应了。

"可以吗?"

"嗯,你想怎么做都可以。"

据说,和我上同一个钢琴班的发小儿亚纪只说了一次"我不想弹钢琴了"就被她母亲扇了一巴掌。她母亲甚至泪流满面地说:"让你坚持下去是为你好。"

在第二年的公开演奏会上,亚纪被选为合唱伴奏。我看到坐在三角钢琴前的她自豪的表情,心想:"如果我想放弃的时候母亲不同意,那么坐在那里的人可能就是我。"想到这里,我的心里一阵刺痛。

母亲可能对我不感兴趣。我渐渐地有了这种想法。母亲很少责骂我,也从不逼我学习,或许只是因为她不关心我。因此,我不想对自己的孩子也这样。父母远比孩子知道得多,教会孩子是父母的责任。

可是我的这种心情完全不被孩子们理解,不只是清澄,还有水青。我极力劝她上大学，可最终她没听我的。

午休还剩十分钟，三明治已经完全变硬了。我将它塞进嘴里，口腔被硌得发痛。

第一次遇见阿全的时候，我们都是十九岁。他染了奇怪的发色，还穿着自己做的明明是裤子、看起来却像衬衫的不可思议的衣服。我朋友的朋友在服装设计学校上学，我们一起玩了几次，就变熟了。

"我想成为服装设计师。"他一边说，一边朝我露出天真的笑容，"女生穿不同的衣服会给人完全不同的印象。我很乐意看到街上可爱的女生增多。"他诉说着和笑容同样天真的梦想，那时的我觉得他很可爱。脑海中的另一个自己问："他的天真和看落叶入迷的样子不正是我喜欢的吗？是吧？"

"不。"我的脑海中出现了回答。我喜欢的不是他的天真，而是期待他随着年纪的增长，随着他走入社会、结婚，总有一天会变得成熟、稳重，哪怕那天不会很快到来。总有一天，总有一天……后来，我终于醒悟了——"总有一天"等于"永远不会"。于是，我决意离婚。

我曾在脑海中对自己说，我要给阿全一个家。

阿全说他很厌恶自己的父母和兄弟姐妹，甚至不想见到他们。我听了，心仿佛被紧紧地揪住了。那时，我才发现自己喜欢他。

阿全和他家人之间的摩擦似乎远不止关系不好或不和睦。我们决定结婚时，曾去他家告知他的家人。他父亲看都没看我一眼。他母亲说："你怀孕了？真的吗？"然后笑着打量我的脸和肚子。我们在那里应该没待上半小时。他家的墙壁和拉门上到处都有破损和剥落的地方，明明车库里停着闪闪发亮的高级轿车，我无法理解这之间的落差。他们家不是没钱，而是缺乏更重要的东西。

在回去的路上，他问我是不是吓着了，听上去像是在吐苦水。

"可我还是向他们低头了。因为我无论如何都想去读设计学校。"

他的设计师梦想或许是对家人的报复，我想。他想取得辉煌的成就，在家人面前扬眉吐气。

"已经没事了！"我近乎大喊地对他说，在马路上紧紧地抱着他，哪怕被一旁路过的小学生嘲笑也无妨。我在浑身颤抖的阿全的耳边反复说："没事了。没事哦，阿全。今后我和我的父母,还有即将出生的孩子,都会陪在你身边。就算不拼命变成特别的人,你也能幸福地活下去。"

一打开门,我就听到了水青的喊声:"我不要蝴蝶结!"
从母亲的房间里传来了母亲不断安慰她的声音。轻轻拉开房间的拉门,只见身穿白色礼服裙的水青紧攥着双手站在那里。母亲和清澄像侍从一样跪坐在她身边。她身穿的胸下拼接礼服裙可以称为朴实无华的无袖连衣裙。

"知道了,不做蝴蝶结。我知道了。"
清澄的语气听起来很有耐心。不,不如说他在努力"保持耐心"。他绕到水青身后,开始拆卸用针固定的蝴蝶结。

"也不要褶边和蕾丝。"
"知道了。"
"绝对不要哦!"
"知道了。你好烦。"
我记得上个月他们也有过同样的对话,可清澄为什么还是做了一个大大的蝴蝶结呢?他为什么对蝴蝶结如此执着?

我双手抱胸,手里的纸袋发出了沙沙声。我刚才顺路去了一对夫妻经营的西式点心店。孩子们还小的时候,我每年都会在这家店里买生日蛋糕。今天工作的时候路过附近,有些怀念，便买了些点心回来。

"哦，妈妈，您回来了！"

水青最先注意到我。清澄虽然说了"您回来了"，但完全没看我。他一定是在记恨我让他放弃做婚纱这件事。真是不懂父母心！

镜子前的水青反复提起裙子检查，说："不能加上袖子吗？"水青夏天也穿长袖衣服，她极力避免露出皮肤。从某个时候起，她就变成了这样。

"我之前不是说了嘛，这婚纱无袖才好看。因为领子高……"清澄一边说，一边用指尖丈量自己左肩到右肩的距离，手指在锁骨边缘缓缓地画了一条弧线。

"我不想露胳膊。"

"咦？这个设计，你不是同意了吗？"

我的女儿和儿子在镜子中凝视着对方，不，应该说他们互相瞪着对方。水青先移开了视线。

"话虽如此……"

清澄用布盖住水青裸露的手臂，说："加上袖子就会变成这样，不觉得看起来很局促吗？"

"可是穿上身就觉得还是长袖好。还有，我希望腰身不要这么紧。"水青紧紧地攥住裙摆，低下了头。接着是一阵令人窒息的沉默。

"先吃饭吧！"

缓和尴尬气氛的人总是母亲。清澄和水青似乎都松了一口气，点了点头。

回想起来，清澄从在我肚子里时起就是个出其不意的孩子。他总是在我半夜熟睡的时候动来动去，而且每次产检做超声检查时，他总是把脸藏在手或脐带后面，不让我看清。

晚饭后，水青迅速回了自己的房间。清澄和母亲则一边吃我买来的布丁，一边围着速写本埋头讨论。我背对着他们洗碗，四个人的餐具在水槽里相互碰撞，发出丁零当啷的声响。

"怎么办呢？"

"是啊……"

"如果按照姐姐的要求去做，婚纱就会变得很厚重。还是我的设计更适合她。她是不是不相信我啊？"清澄嘟着嘴说。

"是不是你的手艺或者审美有问题？"我插了一句，被他无视了。

说实话，今天回来第一眼看到水青时，我吓了一跳。她漂亮极了！虽说是一个爱好缝纫的高中男生模仿着做的，可那毫无疑问是一袭婚纱！作为母亲，有些东西涌上了心头。可我绝对不想让清澄知道。

"要不我找爸爸商量一下吧。"

我感觉母亲在我身后倒吸了一口凉气,我能感受到她的目光。

我知道清澄偶尔会和阿全见面。我从没禁止他们相见,也明白阿全作为父亲有权利见水青和清澄。但我的心情还是很差。我慢慢转过身去,只见清澄直勾勾地看着我。

"过两天我去见爸爸。"

我一言不发地转过身来,继续洗盘子。

我非常讨厌清澄刺绣,也讨厌他对女生的衣服感兴趣。我并不只是像之前对竹下说的那样怕他在学校里遭受冷眼,更确切地说,我想阻止他变成阿全那样的人。

让我生气的不是儿子像前夫。如果阿全离婚后变成才华横溢的设计师,工作多得数不过来,我就不会跟儿子说"你放弃吧"。不是有句话叫"青蛙的孩子还是青蛙"吗?作为一个目睹了失败案例的母亲,怎会让自己的儿子重蹈覆辙?即使我的爱不如喷涌的泉水那样强烈,我也很珍视我的孩子。我希望他幸福,因此无法对他放任不管。

下班后我本打算直接回家,但路上改变了主意。听同事们说车站附近新开的鸡肉店有好吃的炸鸡块,我决定买一些带回家。

孩子们小的时候，做饭、洗衣服、打扫卫生等家务都是我和母亲做的。虽说如此，我和母亲的工作量之比是七比三。我明显承担了更多家务。

水青上小学高年级后，家务变成了分工制。如今，做饭由母亲负责，清澄帮忙。我为此感到抱歉，因此经常买小菜和甜点回家。

鸡肉店的招牌上画着一只鸡，它头上系着必胜头巾，高举着一只雄壮的臂膀。听说这家店是盘下了之前的店铺重新开张的，可我不记得这里之前是什么店了。我原以为没有变化的街道在不知不觉中已经发生了变化。

自出生以来，我已经在这条街上住了四十多年。就业、结婚、生子……我在这里迎来了人生中一个又一个重要的节点。与高架桥交叉而过的河流、河边盛开的百日红的鲜艳色彩、像火柴盒一样排列的小房子都是熟悉的景色。我喜欢这里，甚至包括总是垃圾满地的人行道和一只手拿着啤酒罐儿的下棋大叔。我觉得这里是有烟火气的地方。

鸡肉店前排了几个人，一个身穿灰色西装的男人挺胸抬头地站在队尾。看着他的后背，我下意识地想要折返。他似乎感觉到了，回过头来。

"啊！"

"你好，好久不见。"

和彬彬有礼的语气相反，黑田先生傲慢地抬起了下巴。我无奈地对他点头致意。

"阿全过得很好。"

"我不关心。"

我把头扭向一边，黑田先生的鼻子里发出了介于"哼"和"嗯"之间的声音。他虽然嘴上说着"好久不见"，其实每个月都会来家里。他似乎总是趁我上班的时候来，因此我们几乎没见过。

离婚时我没要求阿全支付抚养费，可他还是会每个月送钱来——不是转账，而是亲自拿现金来，大概是为了来见孩子们。抚养费的金额并不固定，有时是几万日元，有时只有几张皱巴巴的千元钞票，不知从哪儿凑来的。

后来，黑田先生代替阿全来送钱，金额就固定下来了。黑田先生是阿全的雇主，他每月从薪水里扣除抚养费，将剩下的部分支付给阿全。如果一次性把整月的薪水交给阿全，他会全花光。因此，黑田先生像给零用钱一样一点儿一点儿地给他。黑田先生像极了阿全的家长。

我们还没离婚的时候，阿全也是这样的。他不知道怎么花钱,一天之内就花光了两万日元——我给他的一个月的零用钱。我虽然算不上节俭的人,但阿全实在太过分了。我问他把钱花在哪里了,他递给我一束花和一条项链,嘴里说着"我以为你会高兴",这让我更生气了。只要想起这件事,我就生气。虽然事情已经过去很久了,但我讨厌他这一点那一点的心情至今印象深刻。

阿全成长于一个非常扭曲的家庭——家境富裕,墙壁和地板却破旧不堪。我很想给他一个真正的家,让他幸福,还想教他如何花钱,可最终一件都没做到。

"还住在你家?"

我省略了主语"阿全"。

黑田先生听了,点了点头,说:"你认为他能独自生活吗?"

轮到黑田先生前面的老太太了,她开始点餐。我看到玻璃柜中摆放着各种部位的鸡肉,旁边摆着用鸡肉做成的熟食。有咸味和酱油味的炸鸡块,还有煮鸡肝和照烧鸡块,看起来都很美味。今天还是买炸鸡块吧,因为清澄最爱吃。

黑田先生要了两只带骨头的鸡腿,看上去像个有经验的家庭主妇的店员亲切地问他:"是要用烤箱烤吗?需不需要在上面划几道口子?这样更容易烤熟。"他可能是这里的常客。

"不,不用了。"黑田先生一边说着不常听的食物名称,一边不知为何瞥了我一眼,说:"用高压锅很快,是吧?"

我只能说:"不知道。"什么叫"是吧"?别说得好像众所周知似的。

买完东西不是应该赶紧回去吗?可黑田先生依旧保持着抬头挺胸的姿势,看着我买现成的炸鸡块。在一个用高压锅做"高级"料理的男人眼里,我一定是个偷懒的主妇。

我并不觉得丢脸。"你是个妈妈,好好给孩子做饭吃吧。"这样的话,别人已经对我说过很多次了。有的人无法原谅一个不是他们母亲的女人在家务上偷懒。可我不希望他们用我在家务上花费的时间来衡量我对孩子的爱。

陌生人指责我偷懒,实际上我有相当丰富的经验。如果你以为我会畏惧你冷漠的眼神,那可大错特错!我瞥了黑田先生一眼,只见他正盯着另一侧发呆。原来他没看我。

"再见。"

代我向阿全问好——这句话我无论如何也说不出口。我不会说的。

刚转过拐角,竹下就骑着自行车从对面飞驰而来,后座上坐着一个孩子,似乎就是小育。我朝竹下挥了挥手,可拼命蹬自行车的她没注意到我,接着就左拐了。

小育手里拿着一个圆圆的玩偶,大概就是上次竹下说的什么松鼠。我看着他的背影,他纤细的四肢和脖子让我想起了以前的清澄。

和他们一样,我也曾每天骑自行车载着清澄飞驰。在从托儿所回家的路上,他喋喋不休地说着"今天我……""中午吃饭的时候……""某同学……",我从没认真听过他口齿不清的话。

回家后要叠衣服、喂他吃饭……啊,真是的!浴缸清洁剂没了……卫生纸忘买了,哇,糟糕!……之后要喂金鱼、刷浴缸……啊,还要用吸尘器……清澄的指甲是哪天剪的来着……我常常陷入这样的思考,再加上风声导致我听不清,因此我总是敷衍地回应他。要是我能认真听他说话就好了!虽说没空,但我应该再努力些。

"你已经竭尽全力了。"脑海中的另一个我久违地开口了。另一个我很久之前就存在了。当我想冷静地审视自己身处的环境时,它就会带着"准备好了"的气势出现。

我站在原地,直到竹下和小育的背影消失不见。我的大脑一片混沌,以至于当我意识到自己已经站在清澄面前时,我非常惊讶。

"您没事吧?"

清澄身旁站着一个女生,这也让我很惊讶。她个子矮矮的，和清澄站在一起看起来像个小学生。

"什么？"

我虽然内心惊讶无比，声音却意外地冷静。

"您怔怔地站在那儿。"

说罢，清澄转向那个女生，没头没脑地介绍道："这是我妈妈。"

"您好，我姓高杉。"

"又买炸鸡块了，您真喜欢啊。"

喜欢炸鸡块的不是我，而是清澄，不是吗？他是不是因为在女生面前才装模作样的？

"那我就先走了。"高杉鞠了一躬，离开了。

"很冷淡嘛。"过了一会儿，我才开口。

"是吗？我倒觉得她很有礼貌。"

"她是你的女朋友？吓我一跳。你明明不交朋友，却认真地交了女朋友？"

"哪有，真烦人！"

他想搪塞过去，那可没门儿。

"告诉我嘛。什么时候开始的？什么时候啊？"

"胡桃不是我的女朋友。我还有其他朋友，别担心。"

"清澄同学总是一个人"——他小学和初中的班主任都这

样说。没想到他还有其他朋友,真是难以置信。

"真的?她姓什么来着?"

"啊!真烦人!她姓什么无所谓啦!"

"有所谓!还有啊,你叫她胡桃,如果她不是你的女朋友,那是谁?"

"嗯……朋友?"他话尾的音调提高了,似乎缺乏自信。

"我是说,说不定哪天会发展成交往的朋友啊。没事,我没说这是坏事。"

"我都说不是了!你真的很难缠!"清澄皱起了眉头,"仅仅因为对方是个女生,就立刻联想到恋爱,这种思考方式真让人生气。"

让人生气……他说让人生气……

清澄扔下茫然的我,大步向前走去。家已经近在眼前了。

"等等!你说谁让人生气?!"

"让人生气就是让人生气!为什么胡桃不能是我的朋友呢?"

"因为你说'朋友'两个字用了半疑问语气。"

"那是因为我不知道她有没有把我当朋友。"

"你瞧!没准儿她想当你的女朋友。"

清澄被这句话噎住了,我超过他,走到玄关前开门。

"……真不懂你。"他的声音很小,几乎被开门的声音淹没了。

"没必要害羞,对异性感兴趣的高中生是健全且非常正常的。"

这时,我突然听到了一个很响的声音。起初我不知道发生了什么,直到我看见了清澄摔在地板上的书包和他颤抖的拳头。

"你说什么?!只有满足你对普通高中生印象的人才是健全的吗?从刚才起我就说胡桃只是我的朋友,为什么你不能好好听我说的话?退一步讲,就算她那么想,可你凭什么这么说?为什么从刚才起你就一直无视我说的话,只顾自己说个不停?你怎么这么奇怪!"

母亲循声赶来,说:"不要对你妈妈大喊!"

我明知他是故意找碴儿,却忍不住要说。虽然每一根都是细小的刺,但是被这些刺包围的话,就会痛到难以忍受。如果是其他时候,清澄说"让人生气",我可能听完就会忘记。

清澄连手都没洗就进了自己的房间,扔在地板上的书包无精打采地倒在那里。

"佐津子。"

母亲看着我连鞋都脱不下来的手,微微地皱起了眉头。

"给我吧。"她拿走了装炸鸡块的袋子,向厨房走去。

我慢慢地坐在玄关的台子上,胳膊一点儿力气都没有。

这时，背上一阵温热传来，我意识到那是母亲的手。与此同时，她的声音响起来了。

"我想让你跟我去个地方。"

这是一家挂着"意大利居酒屋"招牌的店铺，店内装潢果然是由绿、白、红三色构成的。我坐的椅子是绿色的，里侧母亲坐的沙发是红色的。壁画稚嫩又富有感染力，似乎出自很会画画的小学生之手。画里是单手拿着葡萄酒杯的一群意大利人（可能是吧）正张着嘴大笑。

"我曾经想进来看看的。"

母亲翻开菜单，看起来很开心："葡萄酒……我不太懂，还是问问店员吧。"

我还没来得及想，母亲就叫来了店员。她指着菜单问这问那，我没力气加入他们的对话，只得把点餐托付给母亲。

"您怎么不陪在您可爱的外孙身边？"

清澄可能更喜欢外婆，而不是我这个母亲。母亲看着店员端来的卡布里沙拉，高兴得瞪大了双眼。

"为什么这么说？因为你们俩吵架，担心他会难过？他又不是小孩子。我只是今天想来这里，碰巧邀请了你。我才不想给你们母子当调解员。"她从鼻子里发出笑声，举起了酒杯。我也喝了一口。正如店员所说的,这种酒的确很好喝,金黄色的酒液顺着我的喉咙滑了下去。

"偶尔喝一杯不是挺好的吗?就算我邀请清澄来,他也不能喝酒。而且水青很晚才回来。"

"慢点儿,妈妈,您喝得太快了吧。"

母亲的酒杯又空了。她一脸平静,似乎在说"我总是这样"。她若无其事地举起手,对走来的店员说:"真好喝,再给我一杯吧。"看样子她的酒量不错。

仔细想来,我以前不知道母亲的酒量如何,因为我们都没有在家里喝酒的习惯。孩子们小的时候,我们外出就餐的状态是去家庭餐厅匆忙地吃两口。

清澄从十岁左右开始不愿意和家人一起外出,因此外出就餐的机会几乎没有了。就我和母亲两个人最后一次外出就餐是什么时候呢?可能是我未成年的时候。

我们一边吃店员端来的食物,一边百无聊赖地聊天。"生火腿和熏火腿有什么区别?""不知道,好吃就行了。"葡萄酒也喝了不少。

母亲说不想给我们当调解员,所以我决定今晚不说清澄的事。可当我回过神来,发现自己已经喋喋不休地说了起来。

"那孩子越来越难相处了。您不这么觉得吗?"

母亲把手放在胸口处，身体后仰。

"是吗？我倒觉得他是个难得的坦诚的好孩子。"

那一定是因为他面对的人是外婆。母亲无论对谁都不会用强硬的语气说话，因此所有人在她面前都会自然而然地变得坦诚。我明白，但我无法像她一样。

"因为妈妈是个非常通情达理的人。"

"是吗？"

"但这样有时会让人感觉心里空落落的。妈妈以前常说'你想怎么做都可以'，如果您能再多担心我一些就好了。您对孩子不感兴趣吗？为什么我说想放弃弹钢琴的时候，您不阻止我呢？"

"因为你有选择自己人生的权利啊。"

"您总说这句话。"

我小的时候、考短期大学的时候，还有和阿全结婚的时候，母亲都是这样说的。

"我虽然有时候会觉得感恩，但我不想这样对待自己的孩子。"

这句话像在否定母亲，让我心痛，但这是实话。比起母亲，说要让孩子练习空手道的竹下与我更亲近。

"您总是说，'你有失败的权利'，可我不希望自己的孩子失败。"

"shippai[1]……"

"shippai，shippai，shippai……"母亲拽了拽微微泛红的耳垂，喃喃自语着。她看起来很困惑，似乎是因为不知道我说的是哪个词语。可读作"shippai"的词语只有"失败"这一个。

"如果孩子不能按照你的期许成长，就是失败？"

"不，我从没想过要让孩子按我的期许成长。"

"诸如考上东京大学或者参加奥运会之类的话，我不可能会说。我只希望孩子读差不多的学校，找差不多的工作，然后结婚，组建家庭，不要孤独终老。"

"什么叫'差不多'？'差不多'的标准不还是你决定吗？"

"那是……"

小清没问题的——母亲总是这样不负责任地说。她说这话的依据到底是什么？

"有认真喜欢的事，就是那孩子的主心骨。无论如何，他都能生存下去。"

喜欢的事——这正是问题所在。

---

[1] "失败"一词在日语中的读音。——译注

"我想说的是，仅凭喜欢的事是无法生存下去的。"

"你怎么知道他无法生存下去？"

"这个世界太残酷了，他又没什么突出的品味和才能。"

"你怎么知道？你能看穿突出的品味和才能吗？"

"因为我是他妈妈。"

我的声音有些大，喧闹的居酒屋瞬间安静了下来。母亲平静地看着我。

清澄是我和阿全的孩子，是平平无奇的我们俩的孩子。阿全没做成的事，凭什么说清澄可以做到呢？

"不对，不对，小清没说过要当设计师，你有些远虑了。"

"可他以后可能会说，那时候就迟了。我认为他绝对做不到。您看过《情热大陆》[1]吗？里面出现的人物和我们完全不一样。怎么说呢，和阿全、小清的气场完全不一样。"

我说不清楚，思维也渐渐模糊了。我一想到清澄不是特别的孩子，不希望他受到伤害的念头就会在脑子里不停地旋转，就像扭扭糖一样不断延展。

"你希望小清能出演《情热大陆》？"

"啊，不是……"

---

1 一档以日本各行各业的杰出人物为题材的纪录片节目。——编注

我被嘲笑了吗？不知什么时候酒杯空了，我只好大口大口地喝水，试着给热辣辣的喉咙降温。

"确实可能无法生存下去。清澄将来可能会因为执着于喜欢的工作而生活困窘。"

光是听母亲的这番话，我就能想象到成年的清澄凄惨的样子——居无定所、在网吧的单间里吃泡面、从图书馆里借阅《可食用的野草》之类的书籍、在公园里用自带的塑料瓶接来水喝……光是想想，我就想哭。

"我不认为这是失败的人生。但如果这叫失败，那么小清也有失败的权利，不是吗？"

"又说这句话啊？"

失败的权利——每次听到这句话，我都会感到一丝惆怅。虽然按照一般的标准来看，说这话的人一定是位伟大的母亲。

"假设明天下雨的概率是百分之五十，你担心清澄，让他带伞，之后就是他自己的问题了。就算他无视下雨，被淋得感冒了，那也是他自己的人生。他或许会思考今后怎样才能不感冒，或许觉得淋雨也挺舒服的。就算按你说的带了伞，天也可能会放晴。他有失败的权利，有淋雨的自由。而且……"

说后面的话时，因为母亲低着头，我不知道她的表情如何。

"……你的人生失败了吗?"

炸鸡块的袋子已经空了,看上去很干净,清澄似乎打算仔细地洗干净再扔掉。水槽里的碗有两个,水青也回来吃过饭了吗?他们似乎都已经进了自己的房间,起居室的灯关着。

一回来,母亲就立刻消失在浴室里,在厨房里都能听到水声。

我用抹布擦了擦碗,放回架子上。小熊餐具,他们已经不用了。四个摞在一起的碗中,要数清澄的碗最大。

大家无数次地用这些碗、在这张桌子旁、在这个家里吃饭。就算回到过去,我也会和阿全结婚,否则我就见不到水青和清澄了。

我的人生也不算失败吧。我终于在心里回答了母亲刚才的问题。就算在别人眼中我的人生是失败的,可我感觉还不错,因为有许多快乐的事。

背后突然传来一阵响动,我回头一看,只见清澄站在那里。

"我还以为是外婆……"他自言自语似的从我身旁经过。

"外婆在洗澡。"

在孩子们面前,我会自然地称母亲为"外婆"。今天晚上久违地喊了"妈妈"。

清澄拿着速溶咖啡罐,将咖啡粉直接倒入马克杯。他随意摇晃咖啡罐的动作和阿全一样。为什么他们在这种地方如此相像?清澄明明只在婴儿时期和他生活在一起。

"别喝了,这么晚喝咖啡会睡不着的。"

说罢,我用手捂住了嘴。又来了。我总是会远虑。

清澄一脸不高兴地从热水瓶里倒水。

我之前以为他满脑子都是礼服、刺绣之类的事,可他似乎也在学习。

失败的权利、淋雨的自由……

清澄一只手拿着马克杯,正要走出厨房,我喊了他的名字。不知何时,他已经长得这么高,可以俯视我了。他长得一点儿也不像我。即使在这种时候,他也会直勾勾地看着我。

"……没事,晚安。"

清澄的上半身极其轻微地动了一下,似乎动摇了,又似乎松了口气。他的态度似乎在说,即使是在脐带将我们相连的时候,我们也不是一体的;即使共用一个身体,我们也是不同的个体。正因如此,他才能自由地行动,不是吗?

"晚安。"

失败的权利、淋雨的自由……明天午休的时候我要把母亲的话原原本本地告诉竹下。我不是清澄,竹下也不是我,所以我不知道她会怎么想。可我要告诉她"我懂"之外的话。

二楼传来了轻微的声响,浴室里的水声仍在继续。我在空荡荡的餐桌边坐着,手撑在桌上,闭上了眼。我还有些醉意,世界仿佛旋转个不停。

再过几个小时就是早上了。出生后的四十多年里,我一直在这里迎接清晨。昨天是,今天也是,明天还是。可是,我期望明天的清晨能和之前的有哪怕一丝的不同。我一边这样想,一边缓缓地睁开了眼睛。

第四章
泳池边的狗

眼泪快要流出来的时候，我会紧紧地闭上眼睛。那是将近七十年前的事，当时我还很小。紧紧地闭上眼睛，眼泪就不会掉下来。

在外面闭上眼睛的话，世界就不是一片黑，而是一片红。用手遮住太阳，也能看见一片红。那时我才知道自己身体的每个角落都有血液流通。

我住在出租房里，同样构造的房子还有六栋，挤在一起。居民是在煤矿工作的工人和他们的家人。附近有一条小河，宽度足以让孩子们跳过去，水很浅。

六户居民中没有和我同龄的女孩子，都是大我十多岁的女孩子，或者男孩子。妹妹刚出生不久，霸占了母亲的后背。

那个时代的孩子比现在多得多。只要走出我们居住的地方，或许会有和我年纪相仿的女孩子，可我并没有主动去找朋友。我有时摘下小花放在叶子上，再放进河里任其漂走；有时用树枝在地上画画。我一个人玩游戏就非常满足了。

夏天，我脱掉鞋子在小河里蹚水玩耍，用脚趾搅动波光粼粼的水面，享受痒痒的触感。我喜欢玩水，虽然被带去海边玩耍的经历只有一次。

出生于大阪的父亲频繁更换工作，因此我们家在不同的都道府县之间搬来搬去。我最早的记忆是位于兵库的煤矿小镇，接着是和歌山、京都、滋贺。直到我上初中的时候，才终于在大阪的寝屋川安顿下来。

在煤矿工作的父亲被称为"主任"。有时到了晚上，一些喝醉的年轻人会大吼大叫。他们一来，母亲就吩咐我把厨房里的菜刀藏到地板下。

"他们为什么生气？"

醉汉的叫唤声太难听了，我完全听不懂他们在说什么。

"男人的世界里有很多你不必知道的事。"

母亲一边用手绢裹住剪刀，一边严厉地低声对我说。我明白了世界分为男人的和女人的。在玄关哇哇大叫的男人们确实与我和母亲不同，他们有粗糙的身体，嘴唇上方和下巴上还有黑色的胡须。

母亲将家里的刀具藏起来是担心父亲被刺伤还是担心父亲刺伤别人，如今我已无从得知。

父亲与"温厚""稳重"这些词相去甚远，可他对我很好。我在小河边玩耍时,父亲总会来看我。

"爸爸,给您!"

我把用草叶做的"饭团"递给父亲,他眯着眼睛,做出一副狼吞虎咽的样子。

"好吃,好吃!文枝真会做饭!还很会缝纫,长得也漂亮,你会成为一个好妻子。"父亲一边在嘴里重复着"好妻子",一边抚摸我的脑袋。

"女人的力气比不过男人,因此别想着和男人同台竞技。女人比男人美丽、聪明,正因如此,必须时刻体谅那些不够美丽、聪明的男人,这才是一个好妻子。"

天突然阴了下来。抬头望去,父亲变成了一个黑色的团块。他抚摸我的手还是温柔的,可我喉咙里却堵着一大块异物。这样的感觉究竟是什么?

"外婆……"

一只大手触到我的额头,我突然回过神来。站在我面前看着我的人是清澄,是我的外孙,我是一个七十四岁的外婆——我花了几秒才意识到这个事实。河水的触感和父亲的声音犹在身旁。

我缓缓地起身。我再也不能像年轻时那样一下子爬起来了。我必须缓缓地移动,就像在安抚脖子、肩膀、腰部等疼痛的部位,否则就会大事不妙。

我身上不知什么时候盖了一条夏凉被。洗完东西后,我躺下休息,没想到睡着了。钟表的指针指向了上午十一点多,我头脑发昏,光是确认时间就费了一番工夫。

"清澄,你不上学?"

"从昨天开始放暑假了。"

"哦,是吗?"

我拍拍自己的脸颊,清澄一动不动地看着我,可能担心我越来越糊涂了。

"外婆,看您很痛苦才叫醒您的。没事吧?"

"没事,谢谢你。"

房间的地板一片白,原来是清澄铺了一层白色的布。为了买这块布,我们五月一起去了船厂中心大厦。清澄说要为姐姐缝制婚纱是在四月,现在是七月,婚礼在十月,然而婚纱还停留在打版的阶段,没什么进展。

如果我的父母还活着,他们或许会因为男孩子缝制婚纱而瞠目结舌。他们出生于明治时期,在他们的脑海中,世界被划分得很清楚——男人的世界和女人的世界。当他们说"女儿反正要嫁人,没必要上大学"时,想必并没有抱着妨碍女儿未来的强烈意愿,只是自然地说出了理所应当的话。当时与他们对峙的我感觉喉咙里有一块巨大的异物,这种感觉如今依然存在,我甚至害怕是自己不够正常的缘故。

如今不再是"男人就该如何""女人就该如何"的时代了,至少我希望如此。因此,当上小学的清澄说"我想和外婆学习缝纫"时,我很认真地教他。他的手很巧,从不轻言放弃,会认真听别人的话,失败了也不气馁,因此我在教他的时候很快乐。

"佐津子真的很讨厌针线活儿。"

我在经历了三次流产后终于生下了我的独生女佐津子。我丈夫爱她的方式和我父亲对待我的方式完全不同。他说今后是女人也要努力工作的时代,让佐津子做任何她感兴趣的事,但他不喜欢我努力工作。我曾听到他对邻居说:"哎呀,我妻子工作不过是赚点儿零用钱。"我还记得他在听说某户人家妻子收入更高的时候歪着嘴讽刺。明明是别人家的事,他却一副不高兴的样子。

我继续在超市、建筑工地的事务所、健康饮料配送站工作,还在市政厅当临时工。无论在哪里工作,都有亲切的男人帮我搬重箱子,对我说:"我不会让女人干这种事。"还有人原谅我低级的计算错误,笑着说:"因为女人对数字不在行嘛。"

我不需要担心会惹恼丈夫,因为无论在哪里工作,无论我多么努力,我做零工的收入总是不及他。如果我上过大学,进入好公司……我努力不去想这些,因为一旦开始后悔,就会没完没了。

"佐津子结婚后也要一直住在这个家里哦。"

佐津子从小就在这一教导下成长,她二十二岁的时候果然把女婿带回了家,肚子里还有了孩子。丈夫虽然对女婿到这个地步才来拜访表示不满,但对佐津子夫妇住在这个家里似乎很满意。玄关的名牌上同时挂着"松冈"和"高梨"。

清澄双手抱胸,低头看着铺在地板上的婚纱样衣,眉头紧锁。他的小脑袋一定在高速运转着。

面对水青琐碎的要求,诸如胸口不要敞开、不要无袖、不要系蝴蝶结,清澄耐心地一一应下。板型终于定了下来,可昨天水青又说"说不上哪里不对"。

"哪里是哪儿?你想要什么?"

"我说不好,就是不对。"

他们就这样来来回回地聊到了深夜,最后似乎没有得出结论。

"到底哪儿不对？"清澄噘着嘴。我能理解他，水青的想法，我一直都不明白。

不过，水青最近发生了细微的变化。以前她总穿灰色或深蓝色的衣服，最近却穿上了水蓝色衬衫。

"哎呀，好适合你。亚麻的？"

听了我的赞美，水青只是奇怪地瞪大了双眼。

"她不懂什么是亚麻。"清澄一边把婚纱挂起来，一边摇头，"姐姐根本不关心自己的衣服是什么质地的。"

这种事可能吗？我的外孙女长这么大从没听过"亚麻"这个词吗？我不理解。

"对了，话说回来，你和爸爸商量过婚纱的事了？"

和佐津子聊天时，"爸爸"一词指我的亡夫，和水青或清澄聊天时指的是佐津子的前夫。佐津子之前和他一起住在这里时，称呼他"阿全"。

"商量了，但是他说帮不了我。"

阿全和佐津子离婚时，清澄才一岁。佐津子用了"忍耐的极限"这个词，她说："离婚理由是我到了忍耐的极限。"之后，她的丈夫被赶出了这个家。

那时的阿全在大阪市内一家还算有名的服装公司上班。现在不是了。听说他现在受雇于一个开缝纫厂的老同学，是一名西式裁缝。

"帮不了你?"

我常年做刺绣和编织等手工活儿,和西式裁缝是两回事。我虽然有经验,但也只是做过几次半裙和款式简单的连衣裙。如果能借助既有知识又有技术的阿全的力量,那就再好不过了。

"等一下,我读给您听。"清澄从口袋里掏出手机,"'我从没做过一件父亲该做的事,所以不能以给女儿做婚纱为借口厚着脸皮出现,我觉得这样不对,我也感到很抱歉。阿飒估计也不开心。你能来找我,我真的很高兴……'就这样。您觉得呢?"

阿全的心情,我不是不能理解,虽然他们离婚了,但阿全不是坏人。他是个敏感、温柔的男人,只是与社会有些脱节,不适合家庭而已。如果他本人没有意识到自己不适合家庭,也许会更轻松。然而,阿全意识到了。他没有坚强到可以直白地说出"没关系,就算离婚了,你们也还是我的女儿和儿子,有什么问题吗"这样的话来。他是个可怜人。

"算了,婚纱的事先搁一搁……好久没刺绣了,试试吗?"

正盯着手机屏幕的清澄紧锁的眉头突然舒展开来。

"嗯,好的。"

刺绣的时候，这孩子看起来最开心。他说反复叠加丝线就像画画一样有趣。

就在这时，清澄手里的手机响了。他瞥了一眼屏幕，嘟囔道："咦？这么突然？"

"怎么了？"

"……外婆，明天我可以带朋友来家里吗？"

清澄的朋友。来家里。清澄的，朋友。来家里。

"当然！当然可以！当然啦！"

我过于兴奋，身体前倾，便顺势把手放在清澄的膝盖上。清澄似乎有些吃惊，嘴里说着"哦，嗯，谢谢，嗯"，上半身扭到一旁，逃开了。

我以为清澄带来家里的肯定是男生。

"打扰了。"

玄关处站着一个小个子女生，她以过分正确的角度对我鞠躬致意。受她影响，我去拿拖鞋的动作也变得郑重起来。

"另一个人会晚些到。"

今天她会教清澄和另一个姓宫多的男生数学，据说这是宫多的提议。

"我叫高杉胡桃。"

"胡桃成绩很好,每年的考试名次都是年级第十名左右。"清澄骄傲地介绍,似乎在说自己的事情。

"小清,第十名左右听上去不怎么样,别说了。"

"为什么?在那么多人中排第十名,多厉害呀!"

"高杉同学、高杉胡桃……"我嘟囔着。我想起来了,我认识她。

"我和小清从小学到初中都同校。"

"哦,怪不得!"我说着,双手在胸前合十。我记得她的父亲是老师,是水青初一时的班主任。

"我想起来了,你是高杉老师的女儿!"

"这是我妈妈让我带来的。"胡桃说着,递给我一个纸袋,"妈妈说这是非常好吃的腌茄子。"

"啊,太感谢了!我最喜欢腌茄子了。"

比起"一点儿心意,请别介意",她这样说,我更高兴。袋子里有光泽的紫色茄子在淡蓝色的汁液中舒服地泡着。我走到厨房里,立刻把茄子倒入盘中,清脆的水声令我心情愉悦。

"哎呀,真好吃,又鲜又嫩。"

"那就好。"胡桃说着,把手放在胸口。她笑的时候眼睛会眯起来,看起来天真无邪。她在餐桌上摊开笔记本和课本,脸上还是一副天真的表情。

"要在这里学习吗？"

"嗯，这里宽敞，还有冰箱。"

清澄放在桌上的手机响了，他嘟囔着拿起手机："哦，是宫多。他不知道地址，我去桥那儿接他。"

清澄出去后，家里突然安静下来。我怎么也无法平静，胡桃若无其事地在笔记本上写着什么。

"明明是女生，数学却那么好，真厉害。"

听到我为了打破沉默说出的话，胡桃一下子抬起头来。她直视人的样子有些像清澄。

"我认为这和性别没关系。"

我大吃一惊，几乎喘不过气来。要说为什么吃惊，我想是因为我说了"明明是女生"。

"是，没错。抱歉！"

我当时究竟是什么表情呢？

胡桃慌忙摆了摆手，说："我知道大家都这么说。只是有论文证明男女的数学能力没有差异。啊，我说的论文不过是在网上阅读的文章而已，所以才……"

听到她用安慰的语气向我解释，我感到无地自容。"因为您不知道，我才这样说的。"她或许是这样想的。

我一直希望自己的子孙可以生活在一个不用苦恼"男人就该如何""女人就该如何"的时代，然而"女不如男"这个想法依旧侵蚀着我的大脑，导致我不假思索地说出了"明明是女生，数学却那么好，真厉害"这样的话来。

胡桃还想说什么，但这时玄关响起了开门声。我听到一声高亢的"哇"。清澄身后出现了一个露出亲切笑容的男生，旁边还跟着一个小学生似的男生。

"这是宫多的弟弟飒斗。"

据说，飒斗还在上小学一年级，不能把他一个人留在家里，便带来了。我没想到家里会来一个小学生，清澄似乎也是，他慌张地问我："外婆，有没有果汁什么的？"

"哦，没事。不用担心，他带了喝的。"

正如宫多所说的，飒斗斜背着一个水壶。他不理会我们的担忧，从书包里拿出游戏机玩了起来。

"对了，您是外婆啊，我还以为是小清的妈妈。"

"哎呀。"

现在的男高中生可真机灵！清澄直到初中都没有交朋友，却轻松地（也许并不是）和宫多亲近起来，我想我知道原因了。

"飒斗，你也得写暑假作业哦！"宫多摆出哥哥的架势说道。

"早上就做了。"

飒斗一边用大拇指连续摁游戏机的按钮,一边用鼻子哼了一声。宫多看上去有些寂寥。

"你弟弟真可靠。"

"是吧?大概比我可靠。"

两个男高中生互相肯定地点着头,可无论多么可靠,我也不能完全放任他们不管。我想着还是出去买点儿零食之类的来招待他们,便走出了家门。

气温和体温差不多高,真是令人厌烦。太阳还没升到头顶,柏油路面就已经热得像一口煎锅,太阳毫不留情地炙烤着我的脖颈和手背。我后悔没带阳伞。

不买零食,买点儿冰激凌吧!清澄第一次带朋友来家里,我很紧张。水青倒是有几个朋友,都是女生,每次都是马马虎虎地打个招呼就去水青的房间了。我不太清楚外孙叫朋友来家里学习时外婆应该怎么做。对了,午饭该怎么办?该给他们做饭吗?还是给清澄钱,让他们去外面吃?

我正苦恼着,没注意到路对面有人喊我的名字。或许就算我没有想事情也听不见。近来别人都称呼我"老奶奶"或"夫人",周围几乎没人喊我"文枝"了。

"文枝！文枝！"

对面大声喊我的人是真纪。她是我的中学同学。我们长大后见过面，但最近几年疏远了。不，可能已经有大约二十年了。我们之间的往来只有每年互寄贺年卡，不过一见面还是能认出对方。

"哎呀！真纪！好久不见！"

"哎呀，我刚才还在想，这人真像文枝！果然是你！"

我们反复感叹着，握着对方的手腕。

"文枝，你一点儿都没变，完全没变老。"真纪说。

真纪胖了，脸蛋圆滚滚的，反而显得更年轻了。

"你怎么在这儿？"我记得她住在枚方一带。

"曾孙出生了，我来看看。"

"哎呀，真是恭喜你了！"

听到"曾孙"这个词，我瞬间觉得恍惚。曾孙……回想起来，原来我们已经走了这么远。明明我和真纪曾经也是身穿水手服的少女……

我们曾经也有梦想，我一直想好好地对某个人倾诉一番。我们曾在教室里和操场上一边吃零食、互相编头发，一边谈论梦想。我想成为翻译，白衣天使也不错，如果有胆量，还可以成为女医生。那不是关于未来的具体目标，而是类似于想见到憧憬的明星或想在沙漠里骑骆驼那样甘甜的梦。直到后来，我才意识到，要想把美梦变成现实，首先必须和父母争取读书的机会。

"对了，我现在在跳草裙舞。"真纪挺胸抬头地说。

"草裙舞？"

我的脑海中马上出现了一个头上插着木槿花的正在跳舞的真纪。明明没见过，却像目睹过似的清晰地出现在脑海中。真纪和草裙舞的组合非常和谐。

"那边不是有一家大型运动俱乐部吗？会有巴士来接，来回也方便。文枝，要不要一起跳舞？很好玩的。"

"嗯……听起来很好玩，不过——"

"你考虑考虑嘛。"

真纪在包里翻来翻去，把一张边缘卷起的宣传单塞到我手里，便急匆匆地去看她的曾孙了。

那张"介绍朋友入会活动"宣传单上写着，介绍的对象入会后，介绍人和被介绍人都会获得礼品和每月一千日元的优惠。真纪一定是冲着这个来的。真纪真可靠啊，我苦笑着向超市走去。可能是步子迈得急了些，我感觉腰部传来一阵剧痛。

油锅里的鳢鱼浮了上来,翻个面,面衣变成了令人垂涎欲滴的金黄色。

"小清,把汤盛出来。"

"好的。"

四只碗被排成一排。我一边用余光看清澄灵巧地使用汤勺,一边揉揉腰,把鳢鱼天妇罗放到滤油网上。天妇罗炸得香喷喷的。我不禁偷笑。

水青今天休息,四个人凑齐了。水青在课外辅导机构上班,经常很晚回家,因此很少有机会四个人一起吃饭。再过几个月,她就要出嫁了,一家人围着餐桌吃饭的机会不多了。我想让他们尝尝久违的现炸天妇罗。

"好香呀。"

佐津子嗅着香气走了过来。她虽然不喜欢做饭,但喜欢吃。以前我做饭的时候,她总是这样闻着味儿靠过来。

四个人一起坐下,双手合十。

"真纪已经做曾祖母了,真想不到。"

"外婆也快了,是吧,水青?"

佐津子朝水青说道,水青迅速移开了视线。

"怎么可能那么快。"

"嗯?结婚不就是这么回事嘛。"

佐津子大概是易孕体质，无论是怀上水青还是清澄的时候，她都说"一不小心就怀了"，以至于她误以为所有女人都一样，只要想要就能轻易怀上。她健康得不像是我生的孩子，还有些神经大条。

水青垂下眼睛，喝了一口碗里的味噌汤。清澄对生孩子之类的话题毫无兴趣，一边看电视一边把饭塞进嘴里，脸颊鼓得老高，像松鼠一样咀嚼着。电视里，一个我没见过的明星正在东京的某条街上吃我没见过的食物。

"真纪邀请我去跳草裙舞。"

清澄听了，向我看过来。

"不过，我不打算去。"

佐津子和水青听了，点点头，仿佛在说"想必也是"。如果她们听了真纪的邀请，一定会毫不犹豫地拒绝。"我不去。""我不行。"因为她们都不是喜欢跳舞的人。

清澄咽下嘴里的食物，发出咕咚一声，听起来格外响亮。

"别啊，为什么不试试？"

"啊？"

佐津子和水青异口同声地发出了惊呼。

"外婆说做针线活儿眼睛很疲劳，肩膀也很酸痛，我觉得她运动一下很好。"

运动——这正是我在思考的事。近来,我感觉自己的体力日渐衰退,我尽量不给他们添麻烦。

佐津子是我唯一的女儿。不管我将来变成什么样,她一定会照顾我。我相信她,能够相信她,谁让她是我健康的女儿?

"活动活动身体倒是不错,不过,反正……"

我拿出真纪塞给我的宣传单看了起来,反正……我没有勇气说出口。

"哦,对了,姐姐工作的课外辅导机构每个月的学费是多少钱?有没有宣传册?听说宫多的弟弟想上辅导班。"

清澄瞥了一眼说不下去的我,突然转换了话题。

"他弟弟几岁?"

"小学一年级。"

"小学一年级的孩子就说想去辅导班?真厉害。"

"听说他想好好学习,以后要加入无国界医生组织。"

"哇!"

佐津子和水青再次异口同声地发出了惊呼。看来宫多的弟弟很聪明。那么小的孩子竟然知道无国界医生组织,还想加入,确实令人震惊。

"小清也……"

佐津子似乎想说什么，却又急忙塞了一口饭到嘴里。暑假之前，清澄和佐津子吵架了。虽然只是轻微的口角，我甚至不知道该不该称之为吵架，但对一直对佐津子说的话随便听听的清澄以及习惯了清澄反应的佐津子来说是一件相当大的事。困惑、迟疑像不会破裂的肥皂泡一样一直在他们之间飘荡。

"那我明天拿试听课的宣传单回来。"

"嗯，拜托了。"

我用余光看着说话的姐弟俩，双手合十道："我吃饱了。"

我们的家务分工是这样的：洗衣服的是水青，做饭的主要是清澄和我，打扫由佐津子来做。只有洗碗被称为"自由家务"，无人负责。

以前，也就是我丈夫还活着的时候，还有阿全住在这里时，家务都由佐津子和我来做，因此不需要专门的洗碗负责人，谁注意到谁就去做。大多数时候佐津子比我更早地注意到，这是她最大的不幸。佐津子总能很快注意到乱放在餐桌上的茶杯和满满当当的垃圾桶，再加上她骨子里就是一个勤劳的人，无法对这些视而不见。不过，她并不喜欢做家务。

所有事都是佐津子一个人在努力，于是她终于爆发了。一天，她突然哭着大喊道："烦死了！全都烦死了！"最后她离婚了。如果那时我们制定了家务分工制度，或许他们不会走到离婚这一步。事到如今，我仍止不住这样想。是不是忙碌的生活让人暴躁，成了点燃对丈夫的愤怒情绪的燃料？

我洗完碗，佐津子打开冰箱问："我能吃这个冰激凌吗？"

"当然，我买多了。吃吧，吃吧。"

我因为清澄带朋友来家里这件事过于激动，再加上因为久违地见到真纪而高兴，一不小心就买了许多冰激凌，把冷冻柜塞满了。

清澄和水青似乎已经回自己的房间了。

"他们应该赶紧去洗澡。"

佐津子小声抱怨着，打开了香草冰激凌的盖子。

"啊，空手道！"

她突然在说什么？我刚产生疑惑，就看到了扔在桌上的运动俱乐部宣传单。

曾经有段时间，佐津子拼命想让清澄学习空手道、剑道或柔道，她声称是为了防身。当我说那应该让水青学的时候，她坚持道："不，水青是女孩子。"

我也选了一盒冰激凌，在佐津子对面坐下。真纪常去的运动俱乐部除了草裙舞和空手道班，还有其他二十多种运动班。一张张小小的照片像马赛克画一样镶嵌在宣传单上，我看得入迷。右上角是一张泳池的照片，上面有一群戴着泳帽的孩子正微笑着抱着浮力板。反正……刚才没说完的话又差点儿脱口而出。

"游泳？"

顺着我的视线望过去，佐津子一脸疑惑地嘟囔道。我吓了一跳，乖乖地点了点头。

我以前喜欢游泳，或者说是喜欢浸在水里。我喜欢接触水，喜欢小时候水面没过脚背的小河，喜欢河水搔弄脚趾时痒痒的感觉，喜欢身体浸在凉水里心脏一紧的感觉，还有潜入水中什么也听不见的不安。

"可是我已经几十年没去过泳池了。"

听我这么一说，佐津子停下了舀冰激凌的手，眯起了眼睛，表情十分温柔。

"泳池……哦，我们最后一次去的是那个市民泳池吧？那时水青还在上幼儿园，大家都去了，和爸爸一起。"

那时——我想说话，却发不出声音，就像喉咙被堵住了一样痛苦。我清了清嗓子，勉强挤出声音来。

"那时我没进泳池，你不记得吗？"

"是吗？不记得了。"

那里有流动的池水，还有水上滑梯，佐津子留下的只有快乐的记忆。

似乎又有一大块异物堵在我的喉咙里。这种感觉甚至让我产生了一种奇怪的怀念。

"你爸爸不让我进去。"

丈夫对我用了"难看"一词。"你又不是年轻女人,穿泳衣真难看。别穿了。"丈夫的语气并不严厉,他似乎在笑,也许是在开玩笑,但已经足够让我退缩了。我生气地说:"你说什么?!"毫无疑问,我受伤了。

我只在泳池边看着他们。丈夫拉着水青套着的小泳圈,佐津子走在水青旁边,微笑着。虽然佐津子生了一个孩子,但二十多岁的她还是那么年轻、耀眼。阿全不在,我不记得他为什么没一起去。

泳池边的椅子都坐满了,我把带来的塑料布铺在地上坐着。我突然紧闭双眼,像小时候那样不得不在眼泪涌出前憋回去。因为泪水一旦涌出,就再也止不住了。

"你这样像条狗。"

丈夫从泳池里出来,露出牙齿对我说。他说我就像在岸边一动不动地等待主人上岸的忠犬。他用湿答答的手摸我的头,被我用力地拍开。

"别碰我!"

当时的痛原封不动地苏醒过来了。

"你生什么气?我只是说你这样很可爱而已。"

一想起丈夫那张无辜的脸,我的胸口就会隐隐作痛。明明已经过去了二十多年,吞咽巨大的异物仍然很痛苦。

"我觉得爸爸那么说是出于爱。"

听了我的讲述,佐津子调解似的说道。

水槽那边传来了有规律的滴答声。我站起来,关好水龙头。

佐津子继续为她已故的父亲辩护:"他说泳衣很难看,肯定是不想让别人看您穿泳衣的样子。"

"如果是出于爱,就应该诚实地表达。"

说我像狗一样可爱,简直就是在捉弄我!我当时应该立刻告诉他。小时候的我也没能对父亲说出口。父亲说"女人漂亮又聪明",丈夫说"你很可爱",他们都用赞美的方式打压我,我却找不到一个词来谴责这种打压,甚至可能从来没有想过要谴责这种打压。我一直在吞咽没必要吞咽的东西,直至今日。

"冰激凌要化了。"

我被佐津子催促着舀了一勺冰激凌,喉咙好像被黏住了。

这冰激凌对我来说有些太甜了。

第二天下午,清澄对我说:"我去一趟姐姐那儿。"

我看向时钟,刚过下午两点,这个时间水青应该还在公司里。

"宫多的妈妈说想看试听课的宣传单,我和宫多一起去拿。"

"哦,好的。注意安全。"

目送他离去的时候,家里的电话响了。在我说"喂"之前,电话里传来了真纪高亢的声音。

"文枝?考虑好了吗?"

"啊,真纪!"我应道,换了只手接电话。

起居室里的窗户都开着,知了叫个不停。知了的身体那么小,却能发出那么大的声音。

"考虑了,还是算了。"

"哎呀,草裙舞是项不错的运动哦。"

"是啊,"我一边说,一边用手摆弄着电话线,"还是算了,虽然我挺想运动的。"

"是吗?"

"嗯,真纪。"说到这里,我就再也说不出话了,"那个……我啊……"我像一个词汇量不多的小孩子一样笨拙地重复着，拼命寻找合适的措辞。

我想游泳——如此简单的一句话，我却怎么也说不出口。我们已经不是少女了，也和一边互相编辫子一边无话不谈的时候不一样了。

"难看！难看！"丈夫的话在我耳边回响。

太阳被云层遮住了，外面的世界变暗了。

"文枝，我是不是胖了？昨天见面的时候你是不是这么想？"

我不知道真纪为何会这样问。打电话真是不方便，因为看不到对方的表情。

"我的子宫全部切除了，大概十五年前吧。"

"那……"我想继续说，却咳嗽起来，仿佛话卡在了喉咙里，"你真是不容易。"

"是呀，太不容易了！"

真纪的语气很轻松，可处处都是她努力保持轻松的痕迹。

"还有啊，我变胖跟激素没什么关系。不对，又有些关系，比如我好像不再是女人了。你懂吗？"

"嗯。"

知了的叫声消失了。我想象着真纪在轻松地说出"我好像不再是女人了"之前的生活。

"'可就算失去了身体的某个部位，女人还是女人。就算不再是女人，你还是你。'——这是我老公说的。嘿嘿……"

听到她的笑声，我回过神来。就在我疑惑的时候，真纪继续对我"炫耀"着。

"我还是我……这么一想，很多事都变得很轻松了。我想做所有想做的事，想吃所有想吃的食物。我变胖是因为这个，哈哈。所以，文枝，你也去做想做的事吧。对了，下次一起去吃甜点自助吧？"

我听真纪高兴地说着，眼泪涌了出来。我偷偷地用手指抹掉，虽然明知道电话那端的真纪看不见。

如果把人的一生比作一部电影，我的电影还剩几分钟？毋庸置疑，已经进行到后半段了。

我一直期望子孙们生活在一个不因性别而受限的时代。我的母亲也没上过大学，她是在我结婚后告诉我这些的。我至今仍不明白母亲为什么会在我第三次流产后对卧床的我说起这件事。她苦涩地说，她比同班的男生学习好，但她家里没钱。我对她有些怜悯、失望。当时我暗暗发誓，决不将"因为我的时代就是这样"这个想法强加给后代。我梦想的新时代并不包括我自己，不知为何，我固执地认为不能包括我自己。

"我回来了。"

到了傍晚,清澄终于回来了。不知是不是心理作用,他看上去无精打采,莫非身体不舒服?

"我进屋一下。"

他一只手拿着针线盒,走进我的房间。水青的婚纱样衣挂在门楣上。他抱着双臂,我以为他在看我,但他突然将婚纱样衣从衣架上取下来,翻了个面。

"怎么了,小清?"

清澄手拿着缝纫针,长长地呼了一口气,把针插入接缝里。

"咦?"

清澄不顾我的惊讶,只是一个劲儿地拆接缝。

"水青说什么了?"

"她什么也没说。"

清澄拆婚纱的动作毫不犹豫,但他表情扭曲,声音也微微颤抖着。

"我总算明白姐姐为什么说这件婚纱不太对了。"

听说清澄他们去了课外辅导机构,专心工作的水青暂时没注意到他们。

"看着她操作电脑、和老师说话的表情……"清澄沉默了一会儿，接着说，"该怎么说呢？就像一个陌生人，也不是……嗯，总之，她那种表情，我从没见过。"清澄放下手里的缝纫针，一脸认真地凝视着空中，仿佛那里飘浮着他接下来应该说的话，"也许我不太了解姐姐。"

水青总说是为了生活而工作，没什么想做的事，也没有梦想，因此清澄以为她的工作一定很无聊。

"可是工作时的姐姐非常认真。"

"嗯。"

"原来为了生活工作不等于不认真工作。"

听罢，我还是不懂清澄为什么要拆掉婚纱。

"我一直以为姐姐只是不懂婚纱和其他事，以为只要交给我和外婆就可以做出最能衬托姐姐美丽的婚纱。我想，我在某些地方小看了姐姐，是我为她打上了'不懂'这个标签。这样不行！我不懂她，做出来的婚纱肯定不合适。"

清澄想说的是他不尊重水青吗？但我不会这么问。虽然很笨拙，但他正在用自己的语言表达，尝试发现重要的东西，我不能打扰他。

"我明白。如果是这样，那我来帮你。"

我从自己的针线盒里取出缝纫针，和他面对面坐在榻榻米上。手指碰到柔软布料的瞬间，我差点儿流下眼泪。我想起了清澄一针一线地认真缝制婚纱时的侧脸。虽说是他自己决定的事，但想必他很不甘心吧。

"从头开始？从设计开始重新做？"

"是的。"

"我帮你的时间可能会减少……我打算去泳池游泳。"

"泳池。"

清澄重复道，表情没什么变化。无论他有什么反应，我的心意都已定。

"是的，泳池。我要游泳，虽然已经几十年没游过了。"

"是吗……加油哦。"

清澄的视线又回到自己手边，丝线离开布料时发出了噗噗声。他低着头，额头上的刘海儿和皮肤可以说都是崭新的。他还有几十年的时间。"因为是男孩子""因为是几岁"或者"因为是日本人"……他一定可以打破这些限制，生存下去。

"七十四岁开始尝试新事物是需要勇气的。"

清澄直勾勾地看着我，我也回看他。

"不过，"清澄的嘴唇动了动，"现在开始游泳的话，到八十岁就拥有六年的游泳经验了。如果现在什么都不做，就会一直保持零经验。"

我触碰着柔软布料的手指微微颤抖着。"是啊。"我的声音也在颤抖,腹部使劲用力。

做完热身操,接着淋温水浴。据说,老年班的女教练只有三十多岁,她皮肤光滑,笑容可爱,就像一只海豚。

"请多关照!"学员们的声音回响在游泳馆内。

老年班的学员共有八名,全是女性。起初我不知道上课该穿什么,于是在报名处买了短袖短裤款式的黑色泳衣。可一走进泳池,就发现大家身穿各式各样的泳衣。有人穿着比赛用的利落款式,有人穿着红白相间的泳衣,上面还有木槿花图案和荷叶边。什么嘛,相当自由!我终于松了口气,笑了出来。原来不必多虑,只要选择自己喜欢的就好。

在泳池的另一侧,婴儿班正在上课。教练活泼的声音和孩子们的笑声远远地传来。靠近天花板的地方有一扇大窗户,从那里照进来的白光让泳池的水面闪烁着细碎的光。

我慢慢地把脚尖浸入水中,水温比我想象的还要温热。即便如此,进入泳衣内的水还是凉得让我不禁缩起了身体。

"先试着走到对面,慢慢来,没问题。"

我在水中迈出一步,轻飘飘的脚稳稳地踩在池底。又迈出一步。我一边走,一边看向泳池边。我仿佛看到了那天的自己——抱着膝盖蜷缩在那里,望着开心游泳的人们,被丈夫嘲笑像条狗。

外孙女出生后，我感觉自己不再年轻了，可那时我才五十多岁，比现在年轻多了。我拨开水面，一步一步缓慢地向前走去。如今的我不再年轻，可是，可是，那又怎样？我现在才能说出口——那又怎样？我大声地、抬头挺胸地说了。每走一步，我都能感觉到覆盖在周身的坚硬外壳正在脱落。

我举起浸在水中的手，指尖带出了白色的水花。我拍了拍水面，几颗透明的水珠飞了出去。我的喉咙深处溢出了一声惊叹："啊，真漂亮！"

抬头望去，摇曳的水面在天花板上映出了美丽的图案。泳池另一侧传来的婴儿啼哭声宛如愉快的音乐。

我用一只手捧起水。从窗户进来的光线照在我濡湿的皮肤上。在光线充足的地方看，会发现我的手臂上有几处色斑，手背上也有好几道皱纹。可我丝毫不为我的身体感到羞耻，它陪我度过了七十四年的岁月。

我再次将目光投向泳池边，蜷缩着看向这边的狗已经不见了。

第五章
宁静的湖畔

如果缝纫厂里十台缝纫机一起运转，房子就会摇晃。

我家一楼是缝纫厂，二楼是住房。有时别人问我："噪声是不是很大？"既然被问了，我也只能回答："确实很大。"不管怎么说，房子确实在摇晃。只是我从不觉得吵，因为那声音对我来说就像出生后听惯的童谣，甚至可以说我在出生之前就已经在母亲的腹中听惯了。房子仿佛随着缝纫机翩翩起舞，让我感觉很快乐。

还没到下午一点。虽然我总是苦口婆心地说休息时间一定要充足，但员工们都是闲不住的性格，总是很早结束休息，开始工作。黑田缝纫厂的员工们都很勤劳，不过有一个人是例外。

除了喜欢听声音，我还喜欢看缝纫机工作，从小就是这样。踩下控制踏板，针和挑线机构就会上下运动，被吞噬的美丽布料宛如一条柔软的蛇，让人不由得胆战心惊。线轴总是有节奏地跳跃着，仿佛一条在雪地里撒欢的狗。

看看可以，但绝对不能碰。我父亲是缝纫厂的老板，我从小就被他教育缝纫机十分危险。那些随心所欲地操纵这些危险的东西的女工仿佛是驯服了凶猛野兽的女巫。

　　在工作间隙，"女巫"们会轮流上楼来。她们会给我带小菜来，帮我缝上学用的手提包，还会给我烤松饼吃。

　　"好吃吗，小少爷？"她们半开玩笑地抚摸我的脑袋。有的"女巫"泪眼婆娑地对我说："要是夫人还活着就好了。"因为又白又瘦，同学们给我取了外号"金针菇"。她们得知后，送给我的小菜种类变多了，我却辜负了她们希望我变得健壮的愿望。

　　母亲在我出生半年后就病逝了。显然，那些心地善良的"女巫"无论如何都无法放任失去母亲的我不管。虽然父亲以"公私不分"为由拒绝了，可她们仍然坚称我是大家的孩子，好心地照料我。

　　如今，电视机上方依然挂着一些照片——脸色苍白的母亲在医院的病床上抱着猴子一样的婴儿时期的我，旁边是父亲被"女巫"们包围的照片。那是我在玄关前拍的，就在父亲的病被发现之前，已经过去将近二十年了。当时他还不知道自己的肝脏里长了肿瘤，甚至没想过这张照片会用来做遗照。

　　那时，我命令所有人弯下腰，好让写着"黑田缝纫厂"

的那块古老的木质招牌完整地露出来。"女巫"们发出了嘘声，她们不在乎什么招牌，只要求把自己拍得漂漂亮亮的。

去世后被大家称为"上一代"的父亲今天依然在相框里露出有些尴尬、害羞、不自然的笑容。

我走下楼梯，滨田女士抱着双臂在那里等我。她好像在午休时间换好了衣服。她一见我就皱起了眉头。

"老板，你也太迟了吧。"

"是你准备得太快了。"

手表的指针刚好指向下午一点，我绝对没有迟到。

黑田缝纫厂的工人大都六七十岁，去年入职的滨田女士三十多岁，她以一己之力拉低了员工的平均年龄。滨田女士是一位单身母亲，偶尔会带孩子来，因为孩子发烧超过37.5摄氏度就不能送去托儿所了。

大家打扫了储物间，供滨田女士的孩子玩耍。原本杂乱无章的储物间现在铺上了粉色的垫子，墙上贴着面包超人的海报。或许是"女巫"们很久没照顾孩子、心情激动的缘故，她们竟然对滨田女士说："没生病也可以每天带来呀！"

我走到室外，刺眼的阳光让我闭上了眼。不知何时下了一场雨，草坪上的雨滴反射着阳光，宛如一颗颗透明的珠子。

进入九月，不知为何总是下雨。入夏前割得干干净净的杂草如今长得郁郁葱葱的。牵牛花沿着院子周围的铁丝网生长，藤蔓末端开出了新的花朵，似乎在宣称自己多么有活力。

"我该怎么做？"

"像往常一样随便摆个姿势吧。"

滨田女士轻轻点了点头，一只手扶着外墙。她身穿的A字连衣裙的裙摆摇曳着。深酒红色虽然适合秋天，但在暑气尚存的院子里显得有些沉重。

我来回看镜头里和眼前的滨田女士，寻找合适的时机按下快门。

"销售情况如何？"

"很顺利，谁让模特儿这么优秀呢？"

滨田女士哼了一声，说："老板，你很不擅长恭维别人。"

父亲担任老板的时候，工厂只接受服装品牌的外包订单。从服装设计学校毕业后不久，我就开始帮忙经营工厂。我对父亲的保守经营非常不满，想做点儿新鲜的事情。我很早就知道自己没有设计方面的天赋和品味，可我也知道一桩生意的成功还需要其他能力，我知道我有这种能力。

之后，我开始销售原创产品。父亲去世后，我继任老板，同时雇用了正好没有工作的阿全当设计师。除了委托大阪市内的几家店铺销售产品,其他都是以网店销售为主。但从公司整体的销售额来看,原创产品的销售额还不到一成。如果考虑到付给阿全的薪水,就完全没有利润,甚至有人揶揄我不务正业。

我们没有多余的预算雇用模特儿和摄影师。摄影,我可以自己来,可商品不能自己穿。阿全拿起一件衣服在我身上比了比,说:"尺寸倒是没什么问题。"这可不能开玩笑,能衬托出服装之美的非模特儿莫属。

说起这一点,来应聘临时工的滨田女士四肢修长,无论穿什么都好看。当然,我录用她不仅仅是因为她的外表。

"这件怎么样?"

除了拍摄正面,还要拍摄背影和侧面。

"很舒服。"

这件衣服使用了三重纱面料,柔软、亲肤,越洗,穿着越舒服。执着于立体剪裁的人不是阿全,而是我。反正我想做和父亲不同的产品。我不是在否定大规模量产,各有优点罢了。

"你要是买它,我给你员工折扣。"

"不,我不买。"她无情地拒绝了我,又补了一句,"我不穿这种自然系的衣服。"

自然系——这是冷淡的滨田女士以最大限度的体贴选择的表达方式吗？她在心里想的可能是"无聊的衣服"。看来我对喜欢帅气风格的滨田女士说了蠢话。也许觉得无聊的人是我自己。阿全设计的三重纱连衣裙和衬衫自然、舒适，倒也不坏，只不过……

拍了三十多张照片，我开始逐一确认。滨田女士也凑过来看，一股花果香扑鼻而来。正如女人们的长相和身材各不相同，她们的气味也各不相同。我小时候觉得这件事不可思议，现在也是。

"老板，那首歌……"

滨田女士突然抬起头，她离我的脸很近，我们对视了。她长得很漂亮，最重要的是，她很年轻，虽然不是通常意义上的年轻，但是看起来比我年轻十多岁。

"老板吹口哨总是吹那首歌。"

滨田女士试着唱了一句："宁静的湖畔，森林树荫下……对吧？"

看来我在无意识中吹了口哨。

"你喜欢这首歌？还是只会吹这首？"

"说不好……"我摇了摇头，把相机装进箱子里。不是我不想回答，只是她提供的两个选项都不对。

"老板,我可以再问一个问题吗?"

"不可以。"

既然她这么问,一般情况下肯定不是什么好问题。

"你为什么至今没有结婚?今后打算结婚吗?"

她不仅无视了我的拒绝,还接连问了两个问题。

"顾不上。"

"经济上?还是精神上?"

透过车间的窗户可以看到老员工幸田大婶与和子大婶,她们正笑嘻嘻地指着这边。我知道是她们怂恿了滨田女士。有一次,她们围着滨田女士嚷嚷着,说什么"老板是个不错的再婚对象""他的人品,我们可以保证"。我当时也在场,尴尬极了。我轻轻地瞪了她们一眼,视线又落回滨田女士身上。

"都顾不上。我现在满脑子都是每个月要送抚养费给孩子,顾不上其他事。"

"抚养费……"

"嗯,是的,所以我暂时不打算结婚。"

"我离婚三年了,前夫只给过第一次的抚养费。"

"是吗?"

"太好了。说实话,我现在不敢结婚。我回去了。"滨田女士用下巴朝车间那边示意。

"嗯，谢谢你。"

我安静地注视着她向玄关走去的背影和轻快的步伐，在心中扩散的感动绝不是爱情，非要说的话，应该是作为"共犯"的亲切感。幸田大婶她们的提议对她来说似乎是很大的负担。不，她被强行介绍给一个不喜欢也不了解的男人，也许已经超越了负担，甚至感到恐惧。今后不管幸田大婶她们怎么怂恿，她都可以回答："老板一口咬定他不打算结婚。"

幸田大婶与和子大婶过去称呼我"黑田缝纫厂全体职工的孩子"，她们似乎对我还没结婚这件事很不满。一定是滨田女士说了"不敢结婚"，她们就喋喋不休地说了不负责任的话，譬如"那是因为你的前夫太差""这次一定很顺利"之类的。另一种可能是，滨田女士诚实地说了"他不是我喜欢的类型"，她们就面带怒气地说什么"哎呀，老板可是个好男人""没错，他可是我们一起养大的孩子"。我们都担心老板——这是幸田大婶等人高举的正义大旗。

"如果一直单身，万一发生意外就会担惊受怕""孩子很可爱，家庭很温馨"——这些话我已经听腻了。家庭很温馨，孩子很可爱，我当然知道，可现在我毫无想法，也没办法。我试着把自己想象成有妻子和孩子的形象，可焦点总是模糊不清。这大概就是所谓的"不适合家庭"吧。

打开工厂的窗户,缝纫机的声音变大了。幸田大婶双手围在嘴边,朝我大喊:"老板!阿全还没回来。"

又来了。我没有回应,只是叹了口气,轻轻举起一只手,转过身去。

黑田家的住房兼缝纫厂背对着小河,呈"L"形。院子里的一栋"I"形建筑曾是员工宿舍。经济景气的时候,我们曾在关西一带的高中招聘应届毕业生。老家在和歌山的和子大婶过去也住在这里。人最多的时候,鞋柜里放着五名女工的鞋子,如今只有阿全的运动鞋随意地扔在里面。

我脱了鞋,放到角落里,整齐地摆好。进自己的房子都要认真到这种地步,连我自己都很惊讶,但习惯如此,很难改掉,就像衬衫上的墨渍,不容易擦掉。

如今的五个房间中有三个堆放杂物,走廊尽头和楼梯附近的房间是阿全在用。我没有敲门,猛地打开房门,只见悬挂在天花板上的各式各样的布匹正随着从窗外吹进来的风摇曳着。布帘遮住了阿全的身影,我拨开布帘大喊:"阿全!午休结束了!去工作吧!"

然而,我们这位专属设计师正呈大字形躺在地上,一言不发。

"你在干什么？"

"我在看布帘，"阿全眨了眨眼，"在看风吹布帘。"

说罢，阿全起身，打了个哈欠，然后站了起来——这一连串的动作，他大约花了一分钟。我知道自己已经是中年人了，不必为了这种事着急，应该从容不迫地等待。然而，我的身体轻而易举地背叛了我的决心。待我回过神来，我正在用力拍打自己的大腿。阿全皱了皱眉，似乎在说："真是个暴躁的男人。"

我和阿全是在服装设计学校认识的。我入学并不是想学服装设计，而是为了继承家业，想大致了解一下服装的世界。但阿全不同，他怀着想成为设计师的梦想，不断前行。无论是使用缝纫机的技术还是素描水平，他虽然算不上出类拔萃，但都很出彩。在校内比赛中，他也总能拿奖。

学校一年举办四次服装秀，阿全的作品总能获得许多人气票，而我总是在教室的一隅盯着闪闪发光的他。要说没有一丝嫉妒的情绪，那是撒谎。可当他一脸天真地笑着夸我"黑田，你的铅笔盒和书包总是非常整洁，真了不起""黑田，你竟然会做鸡蛋卷，真厉害"的时候，别说嫉妒了，我甚至会觉得自己是那么愚蠢。

阿全有边走路边画素描的习惯，因此总是差点儿被车撞，或者说不清钱包是忘拿了还是丢了。他总是身无分文,而我总是会帮助他。渐渐地,我们开始以搭档的形式出现,一个人不在的时候,甚至有人会问:"咦?另一个人去哪儿了?"

然而,如今我面前的阿全已经不同于当年了,除了他依旧不可靠。对此我很不满。

阿全穿着一双破旧的运动鞋,我用相机用力地戳了戳他的肚子。

"我刚拍了新款连衣裙的照片,你把它传到网店的新商品页面上。我现在要出去了。"

"嗯,知道了。我来做。"

他虽然懒惰,但并不是无能,交代他的事,他总能准确地完成。

"你去哪儿?"

"忘了吗?今天是发工资的日子。"

他没有回应。转身一看,只见他正低着头用力揉眼睛。没听见?还是装没听见?他是哪种?到底是哪种?我的手又伸向了自己的大腿。

"啊……"

终于传来了一个很小的声音,我不知所措地拽了拽耳垂。

"一直以来,麻烦你了。"

"没什么。"

我转身开门,看见一只樟青凤蝶径直穿过院子飞走了。

本月是结算月,税务师让我准备了一些文件。去完两家银行、大阪府税务办公室和市政厅,已经下午四点多了。我再次确认了放在西装内袋里的信封,向车站走去。

我对滨田女士说要支付抚养费不是撒谎,我确实每个月要(从阿全的薪水中抽一部分替他)给(他的)两个孩子抚养费。

起初,阿全是自己去的,因为他说想见两个孩子。然而,被女儿拒绝了一次后,他就哭着说:"不行,黑田,我再也去不了那个家了。"

虽然除了直接给钱,应该还有其他很多办法,诸如转账,但不知怎的,我决定替他送过去。为了证明我送到了,每个月我都会拍孩子们的照片发给他。水青自从上了小学高年级就明显地躲着我,她不喜欢我,或者说不喜欢被我拍照。从那以后,我就只能拍清澄。

我用过的所有手机里如今依然保存着许多清澄的照片。虽然发给阿全之后我应该立即删除,但我没有。不仅如此,有时候我还会认真看那些照片——在睡不着的夜晚或喝得酩酊大醉的时候。

清澄是阿全的儿子,不是我的。可当我一边喝酒一边通过照片追忆他的成长记录时,我不禁想流泪——成长这件事本就珍贵且耀眼。去年,一位单身的老同学突然结婚了,理由是突然想拥有自己的孩子。我记得他还说了晚年的事。也许我既不想结婚也不想要孩子的原因是我以这种方式半推半就地满足了自己的父性需求。

水青二十三岁,清澄十六岁。虽说是付抚养费,但并不是在法庭上达成的协议,而是阿全想这样做。我不知道他打算给到什么时候,或许是到清澄二十岁时,或许是到清澄大学毕业时。到了那时,我这个奇怪的任务也就结束了。

二十多年前,阿全对我宣布:"我要结婚了。"当他将"结婚"二字说出口时,双唇和膝盖上的双手都在微微颤抖。那是他在服装公司上班的第三年。起初,他为自己被分配到销售部门而不是设计部门感到沮丧,但他还是很高兴能从事与服装相关的工作。那天让阿全颤抖的究竟是什么?是不安?还是喜悦?

后来,阿全结婚了,生了孩子,七年后第二个孩子出生了,不久就离婚了。不知道他怎么想的,那时他还辞职了。我捡起像空壳一样茫然苟活的他,雇用他来黑田缝纫厂工作,直至今日。

税务师每个月都会对我进行说教，说我付给阿全的薪水太浪费了。他虽然没有明确地说出口，但是会以"要不劝他辞职吧"这样的方式与我商量。我与他周旋至今。

话说回来，这位税务师的父亲以前也为我们工厂工作，现在应该快八十岁了。每次见面，他都会为我和阿全的关系叹息。

"两个四十多岁的大男人在同一个地方工作、生活，整天待在一起，那可娶不到媳妇呀！老板，你得有个家庭，做一个顶天立地的男子汉。"

这位长辈和幸田大婶、和子大婶都认为我不结婚——也就是他们所谓的"还不是一个顶天立地的男子汉"——是阿全的错，他还会皱着眉头对我说："不过是同学罢了，有必要这么照顾他吗？"幸田大婶与和子大婶都很宠我。该说宠我，还是说她们对我有美丽的误解？她们说："我们知道你很善良。"可我帮助阿全绝非出于善良，也并非出于同情。我只是在等待。

阿全的前妻家离车站不远，离我们附近的车站也只有两站地。虽然在另一座城市里，但如果愿意，也可步行前往。

清澄上小学时曾经骑自行车来过一次。

　　京阪电车高架桥下的河流总是散发着淡淡的腥臭味。我看见有什么东西跳出了水面，留下了层层涟漪。被搅动的淤泥使河水变得混浊，看不清跳跃的生物是什么。

　　每年的小学暑假，我都会去外公家玩耍。那是湖边一个宁静的小镇。有传言说湖里有水怪，尼斯湖水怪的故事不知经过了多少次演变才变成这个故事，我却真心相信了。住在那里的时候，我经常在湖边等待。甚至后来每当我走在水边，都会想起这件事。

　　松冈家的玄关前放着许多观赏性植物盆栽，看起来不像被精心打理过，可每一盆都生机勃勃，放在一起像一座小型植物园。清澄不声不响地出现在一株巨大的植物背后，我吓了一跳，一动不动地站着。

　　"我给他缝纫工具和碎布，他就会一直一个人玩这些东西。"

　　不记得什么时候，阿全的前岳母这样对我说。我感叹清澄像极了阿全，可这样一看，发现他并不完全像。不，也许他像以前的阿全。那时的阿全举止温和，身体里却蕴藏着能够撼动周围空气的能量。

　　"黑田先生。"

　　我和他面对面，他的个头比我想象的要高，他就像门前的植物一样肆意生长。

"待会儿您有空吗？我有事想跟您商量。"

"啊……"

他似乎是第一次这样对我说。

"好的，没问题。"

我把信封递给他——我的任务到此结束。阿全的前岳母出来迎接我，一见我就低头致意："一直以来都很感谢您。佐津子也很感谢您。"果真如此吗？阿全的前妻每次见到我都冷着脸，仿佛看见了不吉利的东西。

车站前有一家挂着"柠檬水"招牌的饮品店，我带着清澄走进去。看到店名的时候，我的心中袭来一阵不安——可以点的饮料是不是只有柠檬水一种？结果发现咖啡和红茶都在饮品单上。

"黑田先生，您真是个成熟的大人。"

刚坐下，清澄就说了一句让我摸不着头脑的话。

"我一说有事想跟您商量，您就毫不犹豫地把我带来了这里。"

我只是通过他的语气判断他要说的事并非站着就能说完的，仅此而已。

"也是，你们高中生总是站在路边聊天。"

"不是,因为我和爸爸一起的时候不会来这种地方,他总说没钱。"

"和阿全相比,大部分人都是'成熟的大人'吧。"

阿全的金钱观很怪。明明穿着一双破旧的运动鞋,还往募捐箱里放几万日元。他的金钱观彻头彻尾地扭曲了,我无法放任不管。

"嗯,您这么说也对。"

清澄连连点头,喝着店员端来的咖啡。从他的表情可以看出,咖啡很难喝。不加糖和牛奶,他究竟在装什么大人?

"我姐姐下个月要举行婚礼了。"

"我知道,恭喜。"

"我答应给她缝制婚纱,可是遇到了困难。"

"要不要我给你介绍租婚纱比较便宜的地方?"

"市面上卖的都不行。"清澄嘟着嘴说。他说姐姐讨厌蕾丝、讨厌无袖、讨厌凸显身体曲线……要求多得很。

清澄将手机屏幕转向我,说那是按照姐姐的要求设计的婚纱。我瞥了一眼,立刻把手机推回给他,说:"这不就是白大褂吗?"

"是吧?但是姐姐说这样就好。"

水青所说的"这样就好"和清澄所想的"让姐姐最美丽"

相距甚远。可他又不想全盘否定姐姐的意见,把自己的选择强加于她。水青的未婚夫也说姐弟俩要找到意见一致的部分。我"嗯、嗯"地附和着,想象不出他们俩能达成什么共识。

"我觉得姐姐太不懂时尚了,我不知道该怎么跟她沟通……您明白我的意思吗?"

"大概明白了。"

我伸长脖子,重新看了一眼他的手机,越看越觉得业余。

"其实我想让爸爸帮我,可他拒绝了。"

清澄希望我说服阿全——这就是他找我商量的事。

"爸爸说,事到如今,无法作为父亲厚脸皮地出现,因此拒绝了我。不过我不觉得有什么,哪怕不能以父亲的身份,而是作为一个熟悉缝纫的普通叔叔,心态轻松地来帮帮我就好了。"

"普通叔叔……你……好吧,我跟他说说看。"我拿起账单,攥在手里。

阿全真的是为孩子着想才拒绝了吗?也许他只是觉得麻烦。

学生时代我曾去过阿全的公寓,因为他那天没去上学。我按了门铃,没人应门。门没上锁,阿全正趴在地上画设计图,他说既没听见门铃声也没听见我的声音。

当一个又一个新设计出现在他脑海里,但他的手无法跟上时,他就会感到沮丧。在做毕业设计的礼服时,他连续工作了三天三夜没睡觉,最后因脱水被送去了医院。我虽然觉得那样的阿全有些可怕,也有些傻乎乎的,但打心眼儿里尊敬他。

怎样的人生是美好的?这个问题的答案因人而异。但对我来说,这并不取决于拥有多少财富,而是取决于是否有激情。虽然有矛盾和焦虑,但有追求的人不会每天觉得空虚。我认为阿全就是这样的。

见到他后,我再次真切地体会到——这个世界确实需要这些创造崭新设计的人。然而,为了使这些新设计在社会上流通,同样需要做打版、裁剪、缝制等诸多工作的人的力量,而我可以为这些力量提供帮助。我决意在这个领域尽我所能,哪怕在别人的眼里我的激情和阿全相比不值一提。

我在等待:等以前的阿全回来;等湖底的水怪苏醒,打破水面的平静;等一寸一寸撕裂寂静的咆哮声……我等了很多年,一直在等。

"这周六他们会来。"

晚饭时,我这样对阿全说。他停下了筷子。

"他们?"

"你的女儿和儿子。"

"为什——"他说到一半就呛到了,剧烈地咳嗽起来。我不想替他拍背,转过头去喝了一口酒。

"老板,我听说你每天给阿全做晚饭,是真的吗?"前些日子,滨田女士这样问我。我说"是的",她听了之后,捧腹大笑:"你像他的妻子一样。"

我只是喜欢做饭,而且二人份比一人份更容易做。再加上如果不管阿全,他就会啃干面包充饥,如果他营养不良,作为老板的我就会很为难。

"这是雇主的责任。"

"你真的很在乎阿全。"滨田女士感慨着。我觉得不是她所说的"在乎",但要准确地向别人解释阿全对我来说是什么样的存在异常困难。

"你就和清澄一起给水青做婚纱吧,好吗?"

上次见面之后,我和清澄在电话里聊过一次。最后我们得出的结论是强迫阿全,而非说服他。

"听到了吗?已经决定了。"

阿全低下头,放下筷子。今天我在常去的鱼店里买了一条很棒的太刀鱼,无论是咸味还是烤的火候都妙不可言。我让阿全趁热吃,可他似乎没什么心情。他嘴里嘟囔着"可是……自信……",用手指揪榻榻米上的毛刺。

"阿全,无论是清澄拜托你,还是你答应他,这大概是第一次也是最后一次了。"

清澄不会向阿全要钱,因为他知道阿全没钱;大概也不会找阿全商量将来的事,因为他知道阿全并不是可靠的成年人。

"你就帮帮他吧。"

"可是……"

"求你帮他!"

我自然地向他低下了头。阿全震惊得屏住了呼吸,空气似乎在他附近凝滞了。

我一边烤太刀鱼,一边回想很久以前的事。清澄上小学时,学校开运动会,阿全说"我不敢一个人去",于是我不情不愿地跟着去了。赛跑队伍中的清澄注意到了在远处偷看的我们。他虽然速度不快,但拼了命地跑。快被别人追上的时候,他大概着急了,摔倒了。他坚强地爬起来,最后一个抵达了终点。他浑身都是沙子,膝盖还流着血,拼命忍住眼泪朝我们挥手。

"求你了,阿全!"

我能做的只有这么多。

"既然你这样……"说到一半，阿全的声音不知为何沙哑得厉害。他重新拿起筷子的声音听起来格外响亮。

近来降雨频繁，我打开前门，闻到了湿草的清香。按照约定时间到来的姐弟俩默默地将雨伞收好了。阿全也比平日里沉默，面无表情，仿佛快睡着了。和水青一起进来的清澄不见了，他似乎好奇工厂的样子，正在到处走走看看。水青似乎相当不安，正坐在接待室的沙发上，抓着扶手，低着头。

我用脚尖踢阿全的脚，他似乎很吃惊，身体在沙发上轻轻地弹了起来。

"好……好久不见……"

阿全终于跟水青说话了，声音不自然得近乎滑稽。这是他们时隔数年第一次正式见面。

"嗯。"

甚至连对话都称不上的对话戛然而止，我无法忍受沉重的气氛，把到处闲逛的清澄叫了回来。

清澄拿出婚纱样衣，套在假体模特儿身上。看到实物之后，我仍觉得就是一件白大褂。他说这是第二版，第一版因为姐姐说接受不了而拆掉了。

"对了，这是穿上身的效果。"

清澄的手机屏幕上是水青穿着还没做完的婚纱样衣的照片。她皱着眉，看起来不太高兴。

"……没必要执着于礼服样式。"

我看过国外的新娘和新郎都穿无尾礼服的婚礼照片。水青摇了摇头，说："深蓝色……未婚夫的妈妈说想看我穿婚纱，所以……"我心想无视这些就好，可转念一想，如果将来交往的对象提出要求，我可能很难拒绝。

"可是水青对礼服有抵触情绪，是吧？"

清澄屈膝不断拉扯"白大褂"的下摆，他似乎相信这样就能找到灵感。

坚定、踏实，往坏了说是平淡、顽固——水青总是给我这样的感觉。这个素面朝天的女孩子紧紧地抿着嘴唇，直视着我们。也许把她打扮得漂漂亮亮的是一种轻佻的行为。

听了我的话，水青抬起头来："没那么简单。"她继续说，"我知道礼服没罪。"

罪——她的用词可真夸张。

"我只是觉得蝴蝶结、蕾丝、荷叶边、珠子这些装饰以及凸显身体曲线的板型不适合我，穿在身上会觉得不踏实。"

"但我们必须把礼服准备好，是吧？"

"是的。"

"是的。"

清澄和水青异口同声地说道。

"让一下。"

起初我没听出这突如其来的强有力的声音是阿全的。他推开清澄，站在假体模特儿面前，拉扯着脱下了婚纱样衣。他走出房间，返回时抱着许多布料。

"过来。"

阿全把椅子拉到墙边的镜子前，冲水青招了招手。水青迟疑地走过去坐下。

"即使是同一个板型，用不同的布料也会呈现出不同的效果。"

阿全将一块丝绸轻轻地盖在水青肩上，纯白的布料仿佛瀑布一样笔直地垂到地上。

"怎么样？"

"……不行。"

阿全嘴里嘟囔着"也是啊"，又拿起乔其纱叠在上面。乔其纱质地薄且清透，柔软地覆在水青身上。

"这样呢？也不满意？"

"嗯。"

镜中的水青眉头紧锁。

"下一个,这叫塔夫绸。"

这种布料弹性很好,非常漂亮。根据缝制技艺的不同,会产生有趣的阴影。可水青看了,顽固地摇了摇头。

"你应该是不太喜欢有光泽的面料。"

薄纱、雪纺、欧根纱……阿全将这些布料一个接一个地盖在水青肩上。她说不适合,事实不是这样的,明明每一种都很衬她。她的问题肯定不是这种表面问题。

"别不安,水青,你最好珍惜这种感觉。"

阿全将一块棉麻布盖在水青肩上。从他的动作可以看出,他很小心,尽量不让手指碰到水青。看到这一幕,我的心里一阵刺痛。

"想让别人觉得可爱极其简单,基本上每个女孩子都可爱,她们的存在本身就是可爱的。女孩子不能穿让自己觉得不踏实的衣服。如果穿了,光是坐着就会心烦意乱,肩部用力,让人筋疲力尽。人一旦累了就会讨厌自己。不行,水青,那样不行。"

阿全似乎好久没有一次说这么多话了。我感觉脚下在摇晃,水面在颤抖,湖畔的树木沙沙作响,吹来的风让我起了鸡皮疙瘩。

"这是纱布。"

水青的眉头不知不觉地松弛下来了。她犹豫地伸出手指，摸了摸布料。

"好软啊。"

"嗯，很舒服吧。这种柔软轻盈的纱布常用于婴儿服装，吸水性好，叠在一起很暖和。"

纱布面料裹在假体模特儿身上，阿全把衔着的别针一根接一根地别上去。一块平面的布被捏起、折叠，自由自在地变换着形状。一会儿是小褶子，一会儿是百褶，布料在阿全手中像花儿一样绽放了，膨胀得像灌了风的窗帘。转眼间，平面的布就变成了礼服样式。阿全完全没有用到剪刀。

站在一旁的清澄瞪大了双眼，注视着阿全的动作。

"黑田。"

阿全依然面对着假体模特儿，喊我的名字。

我不由得身体一颤。

"幸田大婶或和子大婶，随便叫谁来都可以，请她们来量尺寸。"

和子大婶不在，幸田大婶倒是迅速接起了电话。向她说明情况后，她飞快地跑来了。

我、阿全和清澄都被她从接待室赶了出来，在走廊里等待。房间里传来了幸田大婶高亢的声音。"你就是阿全的女儿！哇！""你在哪儿工作？课外辅导机构！哇——"她一个人抵得上十四个人那么吵。

阿全就地蹲下，嘀嘀咕咕地翻开速写本，似乎是为了节省走到桌前的时间。接着，他趴在地上，开始写写画画。

阿全画了一件没有任何装饰的婚纱，裙摆越向下越宽。领口是保守的"U"字形，长袖的袖口较大，给人以古典的感觉。不对称的下摆呈三角形，看来他打算在裙子里再加一层。款式简单，却不过分朴素。即便采用休闲面料，也不会显得过于随意。这是一件能衬托水青之美的婚纱。

"阿全……"

欢迎回来——我不知道该不该说这句话，感觉听起来像在演戏，我羞于说出口。但不管怎样，估计现在阿全听不到。

阿全继续裁剪、缝制。接到幸田大婶的电话后，两个员工赶来帮忙运转缝纫机。工厂里吵吵闹闹的。

一般来说，样衣会用坯布缝制，阿全却说要用实际的面料做。这样确实更快，也更省事。清澄在阿全身边转来转去，似乎也想参与，可总被大家提醒"请让一让"。

"坐下吧。"

我看不下去，拉着他的胳膊让他坐在沙发上。

"水青，再穿一次看看。"

水青被幸田大婶叫去了，接待室里只剩下我和清澄。清澄百无聊赖地环顾着室内。虽说是接待室，但很少有客人来。架子上杂乱地堆着布样和杂志，大部分蒙着一层薄薄的灰尘。

"我和外婆花了好几个月才做好样衣，他们一天就能完成。"清澄心不在焉地嘟囔着。

"当然了，他们可是专业的。"

听到一声"哇——"，我走过去往里看。幸田大婶等人和阿全像仆人一样跪在那里，亭亭玉立的水青像童话里的公主一样高贵、美丽。穿着适合自己的衣服会让人挺直腰板。衣服不仅是遮盖身体的布，更是能让自己在与世界对抗时势均力敌的力量。

清澄脸颊涨得通红，迅速跑了过去。他似乎说了什么，我没听清。阿全回应了一句，还摸了摸清澄的脑袋。头发乱蓬蓬的清澄脸上露出了放松的表情。

我发不出声音，嘴唇干燥，仿佛一开口就会裂开。仅仅相隔数米的地方，我却难以抵达。

在赛跑时摔倒、浑身沙子、向我们挥手的清澄直勾勾地盯着阿全，眼里只有阿全一个人。他们让我意识到，我那所谓的父性终究只是类似的东西,我绝对无法介入这对微笑的父子之间。迄今为止,无论是结婚还是生子,我都以"想象不到"为由不去追求。我并没有对自己的现状感到不满,只是……

我轻轻地关上门,回到了接待室。眼泪似乎要涌出来,虽然这只是一种感觉。我又不是小孩子,不可能为了这种事哭泣。但即使这么说,过去也无法改变。

门开了,清澄走了出来。刚才他还满脸通红,现在表情却很阴郁。

"怎么了?"

"没什么……只是觉得我无法自己缝制婚纱。"清澄在我身旁坐下,呼出一口气,"对我来说,果然还是太早了。"

年轻人特有的情绪起伏既让人郁闷又让人羡慕。我从架子上抽出一本书,放在他的膝盖上。

"你知道白线刺绣吗?"

简单来说,白线刺绣就是在白布上用白线刺绣的技法。这是一种不带颜色的朴素装饰,我认为符合水青的喜好。

"要说刺绣,你可比阿全水平高。"

"是吗?"清澄的脸颊再次泛起红晕,"我可以看看其他书吗?"

"当然。"

我收集关于民族服饰设计、传统刺绣和纺织品的书籍,一半出于爱好,一半为了工作。

清澄站在那里,津津有味地翻一本日式花纹图集。

"如果你喜欢,可以带回去。"

他没有回答,只听见咕噜咕噜的声音。肚子?刚才是他的肚子在叫?

我起身披上外套,清澄不可思议地抬起头来。

"老板请客的话就吃寿司吧。""不,还是烤肉吧。"一阵喧闹过后,我们去了附近的中餐馆。大家没坐在一起,分散坐在两张桌子上和吧台前。

虽然没有刻意安排,但坐在吧台前的只有阿全和水青二人。清澄坐在我身边,好奇地抬头看墙上的菜单。父女二人一脸奇妙的表情,他们在聊什么?可转念一想,这不是我该干预的事。

关于我和阿全现在的生活,我的理解是——两个不适合家庭的人莫名其妙地待在一起。但是,阿全有两个与他血脉相连的孩子,而我至今都抱着"虽然不太懂,但我也许不适合"这种心态。我们有很大的不同。

"黑田先生。"清澄突然开口了,"谢谢您做的一切。"

缝制婚纱的明明是阿全和幸田大婶等人。"要感谢就感谢他们——"

还没说完,清澄就打断了我:"不是,是关于爸爸的事。"

迄今为止,当别人对我说"谢谢"并低头致意时,我总会感到为难。我无法恰当地表达,不知道该说些什么,嘴唇无论如何都止不住颤抖。

"还以为你要说什么……"

"我说'谢谢'有点儿奇怪,不过我觉得挺好的。我和姐姐、母亲、外婆住在一起,父亲独自一人生活,从小我就很担心。"

为了听清楚清澄的话,我不得不倾斜身体靠近他。幸田大婶等人坐在旁边的四人桌上,说着"可不可以喝啤酒""饺子点几人份",叽叽喳喳个不停,声音大到盖过了店内电视的声音。

"我没有要养的家人,就阿全一个人……嗯,没什么……不过阿全还有你们一家人……"

说着说着,我的脸颊热了起来。我甚至完全不懂自己在说什么、想说什么。

清澄缓缓地眨了眨眼,嘴里嘟囔着"你们一家人",然后歪着脑袋对我说："爸爸的家人是黑田先生您。"

"啊？"

我的声音变了，脸颊越来越热。清澄似乎毫不在意地说："每天一起吃饭，为他担心，今后也会一起工作，一起做其他事……这不就是家人吗？还有，她们也是……"说着，他看向了幸田大婶等人，"她们也是黑田先生您的家人吧。"

幸田大婶那边传来一声尖叫，好像是因为饺子蘸料里放了太多辣油。她们总是为了一点儿小事就大喊大叫。

"还有，我们家没有爸爸。"

我佯装被幸田大婶等人的叫嚷声夺走了注意力，附和了一声："哦。"

"我感觉外面有两个爸爸，怎么说呢……觉得有点儿赚。黑田先生，您不是来看过我参加运动会吗？哦，或许您已经忘了。"

我正要回应，店员一边说"让您久等了"，一边端来了热腾腾的炒饭。我什么都说不出来了。等我吞下从喉咙深处涌上来的大团灼热异物，我会好好告诉他我还记得。我怎么可能会忘呢？

众人在中餐馆门前告别。阿全答应孩子们下周完成婚纱制作。之后,水青和清澄向车站走去。

"老板,阿全,下周一见。"

"嗯,谢谢。"

幸田大婶等人一边往回走,一边唠叨着"最近西蓝花好贵,只能买些豆芽"。

只剩下我和阿全时,沉默降临了。我们微妙地保持着距离,沿河边的道路走着。在水蓝色、橙色和白色交织的天空中,灰色的云朵描画着图案。鳞次栉比的房屋只剩下黑色的轮廓,便利店和自动售货机的灯光十分刺眼。河流倒映着天空的颜色,呈现出缎子一样的光泽。

"喂,黑田。"走在我身后的阿全喊道。我回头看他。

"网店里的秋冬新款部分,再加点儿商品来得及吗?"

"随时都可以追加。"

"是吗?也是。哈哈……"

他的笑声敲打着我的鼓膜,像翻动崭新的速写本的声音。

"你打算追加什么?"

"嗯,今天给水青做婚纱的时候,我想到了一款新半裙,既可以和连衣裙叠穿,也可以单穿。"

"想让别人觉得可爱极其简单,基本上每个女孩子都可爱,她们的存在本身就是可爱的。女孩子不能穿让自己觉得不踏实的衣服。如果穿了,光是坐着就会心烦意乱,肩膀用力,让人筋疲力尽。人一旦累了就会讨厌自己。"这是阿全对水青说的话。对于被滨田女士评价为自然系的那款连衣裙,我没细想,只觉得是一款不会出错的衣服。

我下意识地吹起口哨。"宁静的湖畔,森林树荫下,该起床了吧,布谷鸟在歌唱……"湖底的水怪并没有睡着,它胸中燃烧的激情也没有熄灭。

"黑田,你……口哨吹得很好听嘛。"

阿全瞪大了眼睛,仿佛这是他第一次听到。

第六章
流水不会凝滞

白线穿过针鼻儿，我把它高高地举在眼前，用手指弹了一下。白线晃动的时候，有东西也跟着晃动起来。我不知道那是什么，但肯定不是我的心在动摇。非要说的话，可能是世界——我所在的这个世界、所看见的整个世界在一瞬间发生了改变。虽然微小，但我很肯定。

白色的婚纱由三重纱制成，蓬松、柔软。前几天，我看书的时候看到了"仿佛早春的积雪"这样的说法，我有些惊讶。我居住的地方别说早春，就连隆冬也几乎没有积雪。我没见过的世界还有很多。每次碰到白纱布的时候我都会这样想。

我想把针刺入布料，却下不了手。每次缝第一针时都是这样。

"喂——喂——"我听到拉门另一侧有人在叫我。"清澄君——"目前只有一个人会这样叫我。我抬起头，拉门被拉开了，绀野先生探出头来。

"抱歉！没听见回应，我就自己开门了。"

"对不起，我刚才在想事情。"

直到刚才，我都不记得姐姐的未婚夫在家里。也就是说，绀野先生已经完全融入我们家了。外婆把他看作自己的外孙，会对他说"能帮我把盘子端上来吗"，母亲也很轻松地称呼他"你"。

起居室传来了答题节目的声音，还有姐姐几乎盖住电视声的笑声。

"我可以进来吗？"

"请进。"

这是外婆的房间，我说"请进"可能会有些奇怪，但不巧的是，外婆不在家。她最近和一个名叫真纪的人关系很好，今天说要去夜游，傍晚就兴冲冲地出门了。我不清楚两位七十多岁的女性夜游的具体情况，但我确定外婆近来活泼多了。

"清澄，这是你做的婚纱？"

绀野先生躬身注视着假体模特儿身上的婚纱。一周后的星期日，姐姐将穿着这件婚纱和绀野先生举行婚礼。

"不，这不是我做的。"

大约在春天的时候，我听了姐姐抱怨"租赁的婚纱过于华丽，我根本不想穿"，便决心为她缝制她中意的婚纱。我没有缝制婚纱的经验，也没有知识，但我想试试。母亲一如既往地说"算了吧"，我却毫无根据地相信自己可以做到。

"可是我没做到。"

我无能为力，只能依靠他——我一岁时就离开母亲、离开这个家的父亲；每次见面都抱怨"我没钱"的父亲；看起来比实际年龄年轻（意味着不可靠）的父亲。

可那天在黑田缝纫厂工作的父亲是不同的，他和同事们几乎在一天内就缝制好了这件婚纱。父亲只用别针在布料上别了几下，就能自如地改变布料的形状。他创造出一道道如极光、似云朵的褶边，像变魔术一样。父亲平素轻柔、慵懒的语气也压低了，干脆利落地对大婶们下达指示，简直不像我认识的他。

"你不觉得很厉害吗？"

"嗯，很厉害。"

讨厌无袖，讨厌过于可爱，讨厌闪亮的东西——姐姐的这些要求给我泼了冷水。然而，父亲和他的同事们不仅没有否定姐姐的要求，还正确地考虑到了姐姐的意图，最后缝制出了这件婚纱。

这件简单得可以被称为连衣裙的婚纱设计休闲，面料用的是透气的纱布，一定可以缓解不擅长在人前露面的姐姐的紧张情绪。

"不过，最后的装饰是由你绣吧？"

我因没能亲手缝制婚纱而感到沮丧，黑田先生建议我试试刺绣。黑田先生是父亲的雇主，也可以说是父亲的搭档。对我来说，他在某种意义上比我父亲更像父亲，但我无法用语言向绀野先生解释这种微妙的差别，至少现在是这样的。

"我还在苦恼要绣什么图案。"

出于对姐姐说的"不出错"的尊重，我本打算只在裙摆处低调地绣上野花。用白线绣，不抢眼，近距离观察才看得到。但我总觉得不对劲，所以还没开始绣。我觉得我想绣的图案以及适合姐姐的图案并不是"不出错"的样式。

"可婚礼就在一周后。"

"是这样没错……"

婚纱已经足够美丽了。一想到自己的刺绣绝不能破坏它的美，我就更无法下手了。时间不多了，不管我绣或不绣，都应该尽早决定。绀野先生瞥了一眼支支吾吾的我，清了清嗓子。

"我可以问一个问题吗？"

"请问。"

"你是因为什么才开始刺绣的？我一直觉得很少有男生喜欢刺绣。啊！我不是说奇怪……"绀野先生解释道，向我靠过来。

我把他推回去，说："我懂，我懂。"

"我开始刺绣是因为外婆在做，当然不仅仅是这样。世界各地都有刺绣，不同的刺绣有不同的特点。"

绀野先生感叹道："哦，这样啊。"身体再次靠了过来。

"比方说日本有一种'小巾刺绣'[1]，据说原本是为了让布料更结实、暖和才叠加丝线的。"

"原来如此……"

"还有，你知道'背守'[2]吗？据说以前有在婴儿衣物后背上刺绣的习惯，用来辟邪，一般会绣鹤、龟等图案。"

"这样啊，原来如此。"

绀野先生用力地点头。姐姐一定很喜欢他待人的这种态度，会让人觉得自己说的话非常有趣，我不觉得有什么不好。

"不只是日本，在罗马尼亚的某些地区，女儿一出生，母亲就会开始在作为女儿嫁妆的床单和枕套上绣花。印度有一

---

1 一种日本刺绣工艺，在麻布上用棉线刺绣，图案多为对称的几何图形。——译注
2 绣在孩童衣物后背中央的图案，有守护、辟邪之意。——译注

种将镜子缝在布料上的刺绣技法，名为'镜面刺绣'，据说当地人认为镜子可以反射邪恶的东西，保护自己。刺绣很久以前就出现了，虽然技法各不相同，但其中包含的愿望很相似。有趣吧？在这个世界上，有人为另一个人祈祷，用刺绣祝愿对方健康、幸福。"

上高中后，我读了许多有关刺绣的书，想更详细地了解刺绣的历史，想知道更多刺绣中蕴含的人们的想法，了解他们的生活。这件事，我第一次对别人说起。不似目标那样明确的愿望在说出口的瞬间就有了轮廓。我惊讶地发现原来自己是这样想的。为了让轮廓更清晰，我又说了一遍："我还想知道更多。"

"真厉害！真伟大！"

"哪里算得上伟大。"

"我很高兴有一个伟大的弟弟。"

看到他如此率真地为我开心，我有些不好意思。我转过身去，不想让他看到我发红的脸颊。

这时，母亲突然从门口向里张望，她听见我们的谈话内容了吗？她没有与我对视，用托盘端着两杯热可可走了进来。这是一种加热水就能喝的速溶饮料，母亲一直都喜欢，还称赞它"虽然味道不太醇厚，但是简简单单的，很好喝"。

"谢谢。"

绀野先生保持着端正的跪坐姿势,低下了头。母亲看都没看一眼婚纱,径直把托盘放在绀野先生身旁。

"妈妈,清澄君可真厉害啊!"

母亲想说什么,却剧烈地咳嗽起来。她似乎感冒了,咳嗽了好几天,而且咳得越来越严重。我没有问她"还好吗",她也根本不看我。她眼眶含泪、捂着嘴走出了房间。

"不知道妈妈还好吗。"

"她就算感冒了也不会请假。不知道她为什么这么固执,连医院也不去。"

所以她痊愈得很慢,年年如此。我无暇担心她好不好,甚至觉得她咳嗽的时机恰到好处,因为这样她就不必回应绀野先生的那句"清澄君可真厉害啊"。

"妈妈不喜欢我刺绣。"她总是担心我在学校里被嘲笑、被欺凌。她对此的说法是:"为什么你要特地做那种会被人冷眼相待的事情呢?"

绀野先生一言不发,脸上带着意味不明的微笑,似乎觉得无论是站在我这边还是站在母亲那边都会惹上麻烦。

实际上,以前我总是独来独往。为了不让母亲和外婆担心,我曾想过上高中后要努力交朋友。但我发现,无论是假装不喜欢自己喜欢的事还是假装喜欢自己不喜欢的事,都极其困难。因此我没有放弃刺绣,也没有强迫自己融入周围的环境,可是……

我扔在榻榻米上的手机屏幕亮了起来,宫多发来了一条信息:"有空吗?"我回复他:"挺忙的。"他迅速发来了一个哭泣的熊猫表情。

我没有放弃刺绣,可是朋友还在我身边。

热可可好喝极了,我再次感受到了季节变化。春来,夏去,转眼就到了秋天。在冬天到来之前,姐姐就要离开这个家了。绀野先生上周就搬进了新公寓,姐姐也慢慢将行李运了过去。本来她说婚礼之前会一直住在家里,但不知怎的,最后她决定后天就搬过去。

"我姐姐就拜托你照顾了!"

"嗯,我会和水青一直好好地生活下去。"绀野先生的眼角突然下垂,表情变得柔和起来,"虽然不是什么伟大的事,但这是我的梦想。"

我明白,这确实不是轻易就能实现的梦想。成为一家人并不意味着能够自然而然地"一直好好地生活下去"。

"小清,把那个拿来。"

母亲对着酱油瓶努了努下巴,我默默地推了过去。摆着晚饭的餐桌和平日相比并无不同,可今天感觉格外宽敞。

就在刚刚,我们送姐姐离开了家。我原以为她会将拇指、食指、中指轻轻撑在地面上行恭敬辞谢之礼,说一些感人肺腑的告别词,譬如"感谢大家一直以来的照顾",可实际上她只是简单地说了句"再见"就走了,似乎只是准备去一趟便利店。

母亲似乎很怕会突然咳嗽,小心翼翼地把米饭放进口中,小口小口地喝味噌汤。

"外婆现在会不会也在吃饭?"

"应该在吃吧。"

外婆昨天去旅行了。我还以为她和那个真纪一起去,没想到她说一个人去。她说要去泡温泉、看瀑布……还说了她的抱负:"我要把迄今为止从没做过的事都做一遍。"

"水青就快举办婚礼了,这时候不去也没什么吧。"

母亲皱起眉头,似乎颇为不满。

"没关系,外婆说星期五或星期六就回来。"

最重要的是,举办婚礼的人是姐姐,而不是外婆。

"倒是妈妈您,最好在婚礼前治好感冒。要不去医院吧?"

"我知道!"

她固执地强调："要是能去，我早就去了。但无论如何我都不能休息。"我很困惑，让她不能休息的工作到底是什么？

"啊——"母亲故意叹了口气，揉了揉太阳穴，说，"你总是站在外婆那边。"

老实说，这很麻烦。为了尽早离席，我狼吞虎咽。母亲皱着眉头说："慢点儿吃，好好嚼。这可是外婆旅行前特意为我们做的小菜。"

她的话就像小石子，每一颗都小小的，就算被砸到也不会受伤，但我不想被她一颗接一颗地用小石子砸。

"您想说什么？"

母亲没有回答，甚至没有看我。顺着她的视线，我发现她正盯着我的衬衫口袋看。准确地说，是我口袋里露出来的荷包。

"那是……"

"啊，这个？"

从口袋中取出的荷包已经皱了，我用手掌抚平褶子，展开给她看。

这是我上托儿所时装杯子的荷包，我记得是外婆给我缝的。深蓝色的格子布上有用缝纫机绣的我的名字 Matsuoka

Kiyosumi[1]。

我刚才翻碎布盒的时候发现它混在底部。碎布盒里的布可以用来练习缝纫,也可以用来擦拭东西,每个人都可以把穿旧的T恤衫扔进去。

"你还打算用吗?"

她眉头紧皱,看来是她放进碎布盒里的。

她非常不高兴地说:"你那么……"说到一半就开始咳嗽了。她想说我"那么"什么呢?

眼眶含泪的母亲站起来说:"我还是不舒服,我要去睡了。"我到最后也不知道她想说什么。

外婆总说晚上不要做针线活儿,否则对眼睛不好。可我白天要上学,只能晚上做。时钟已经指向了凌晨一点,可我还一针都没缝。如果我什么都做不了,至少应该去睡觉,但我找不到结束手头这份工作的理由。我坐在婚纱前,只有时间在流逝。我从荷包里拿出眼药水,滴完便闭上了眼睛。

我以前就读的托儿所规定了包括杯袋在内的所有袋子的尺寸和系绳的长短,还规定所有的袋子都必须由家长亲手缝

---

[1] "松冈清澄"的日语读音。——译注

制。"佐津子听说之后生气了。"忘了是什么时候,外婆想起了这件事,她一边笑一边告诉我,"她还直接去托儿所表示抗议,质问对方:'为什么买的不行?把手工缝制这种东西当作爱的证明,这难道不奇怪吗?'总之,最后托儿所没有接受她的抗议,袋子全是我缝的。"

不要认为在某件事上花费时间就是爱或真心的表现——这是母亲一贯的说辞。有一次,她的上司说"为了表达真心,感谢信一定要手写",她回家之后就抱怨个不停。姐姐上学时,为了在情人节和朋友们交换点心,亲手制作了放了巧克力的玛芬蛋糕和小饼干,母亲却说"明明花几百日元就能买到还不错的点心",我听了简直惊呆了。

看见荷包,她又想起了苦涩的回忆吗?想起她紧皱的眉头,我走出了房间。

我光脚踩在走廊上,冰凉的地面瞬间让我的体温降了下去。我蹑手蹑脚地走到厨房里,从冰箱里拿出一瓶矿泉水。正要喝的时候,我听见了母亲止不住的咳嗽声。正当我以为已经停了的时候,她又咳了起来,还夹杂着痛苦的呻吟声。我隔着门喊她,她没有回应。

"我进来了。"

我拉开拉门,看见母亲在橙色的灯光下蜷缩着身体。我问她:"怎么了?"

母亲似乎连呼吸都很困难,张着嘴。"疼……"她的嘴唇动了动,却发不出声音。我扶住她的背,瞬间被她滚烫的身体吓得缩回了手。

"哪里疼?"

她的眼泪像是给我的回应,我惊呆了。她流泪了,这件事非同小可。她得的肯定不是感冒,而是更严重的病。

"我……我去叫救护车。"

她抓着我的胳膊,使劲摇头,喉咙里溢出了痛苦的气音。我的大脑瞬间一片空白。怎么办?怎么办、怎么办、怎么办……

我想去叫外婆,却想起她去旅行了。姐姐也不在家,家里只有我和母亲。我用颤抖的手抓住手机,除了外婆和姐姐,我最先想到的人似乎早就睡了。他接起了电话,声音很沙哑:"喂。"

"黑田先生吗?抱歉这么晚打扰您。"

"怎么了?"

我一边对自己给他添麻烦的行为感到抱歉,一边设法说明了情况。

"她不想叫救护车,可她咳得感觉快不行了。我该怎么办?"

"啊！"

"怎么办？我该怎么办才好？"

"啊，嗯，等我一下。"

一阵窸窸窣窣的声音过后，黑田先生说："你记下来。"他告诉了我二十四小时营业的出租车公司的电话，"叫辆出租车，带她去看急诊。"

"知……知道了。"

"……你一个人可以吗？"

我想了想，说："嗯，没问题。"然后挂断了电话，事后才想起来我没说"谢谢"。

虽然很晚了，但出租车很快就来了，医院的夜间出入口也亮着灯，这些事莫名地让我放下心来。

"你……"

下出租车的时候，母亲勉强发出了声音。

"什么？"

"外套……"

还没说完，她又咳了起来。外套怎么了？我用手抚摸她的后背，才想起自己身穿的长袖家居服外面什么也没套，夜风吹着我裸露的脖颈，凉飕飕的。

我因惊慌失措而无暇顾及自己的穿着。母亲不知什么时候在长袖衫外套了一件厚厚的开衫。她现在连话都说不出来，我不希望她担心我没穿外套。我推着还想说什么的母亲进了医院。幸好没有其他患者正在看病，母亲很快在护士的陪同下进了诊室。

在电灯关闭了半数的不那么明亮的等候室里，一位看上去有六十多岁的大叔独自坐着。他在长椅一角弓着背，不知为何，一看到我就坐直了。我不由自主地正襟危坐，可他很快就恢复了原来的姿势。

长椅十分冰冷，我一坐下就感觉不安。黑田先生要是能来就好了。我为什么要说"一个人没问题"这样的话逞能呢？如果母亲患了我一个人承受不了的重病，我不知道该怎么办。

无论如何，我得冷静一点儿。对了，喝点儿热乎乎的饮料吧。我做好决定正要起身时，母亲出现在走廊里。可她只出现了一下，接着就被护士带去了其他诊室。莫非要接受某种特殊检查？

我用颤抖的手把零钱投进自动售货机。那位大叔目不转睛地盯着我看。我心不在焉得厉害，本来想喝热奶茶，却不小心按了冰绿茶的按钮。重买也让人焦躁，于是我试着用两只手为它加热。绿茶终于温热了些，我小口啜饮着。这时，护士走了出来,向我招手。明明刚喝了绿茶,我的嘴巴竟又变干了。"来了。"我的声音变调了。

"你妈妈得了肺炎。"

"肺炎……肺炎,是那个肺炎吗?"

听了我词不达意的问题,护士点点头,说:"是,就是那个肺炎。"她的职业可能已经令她习惯了奇怪的问题,"总之,先住院吧。不过,并不是什么关乎性命的重病,别担心。"

小个子护士抬头看着我,眼角弯弯地说:"吓坏了吧?不过已经没事了。啊,太冷了,要不进去等?没关系?啊,是吗?几岁了?真有担当啊,真厉害!"虽然她夸我有担当,可我没她想象的那么年幼,还有些害怕,甚至把奶茶和绿茶搞混了。

母亲从诊室里出来了。在准备好住院之前,她暂时被带到了二楼的处置室。里面有两张床,目前只有母亲一人使用。她躺在床上,深深地叹了口气。为了输液,她的袖子卷上去了,露出来的手臂内侧苍白得吓人。她身上盖着一条薄薄的驼色毛毯,脚边的筐子里放着开衫,不知什么时候叠得整整齐齐的。

护士离开后,母亲说:"是肺炎。"她的声音突然就不紧张了,说话也比刚才轻松,不知道是因为进行了治疗,还是因为得知了病名放心了,声带也放松了。

"吓死我了。"

"这句话应该我来说。"

"我还想过如果您死了该怎么办。"——这句话快说出口的时候,我憋回去了。不吉利。

"累了就该休息,都怪你逞能。"

"我唯一的长处是每个月能领工资。"

母亲哼了一声,转过身去,盯着挂在天花板上的奶油色窗帘看。我不认为窗帘是什么有趣的东西,至少对母亲来说是这样的。

"可是,那样的话,身体……身体坏了,就没有意义了。"

我紧握的绿茶瓶子发出砰的一声,听起来特别响。母亲瞥了我一眼,目光与我交会后立即移开,把薄薄的毯子拉到了下巴上方。

"你穿上我的开衫吧。"

"我不冷。"

"行了,快穿上。"

母亲有些固执,她伸出插着输液管的手臂想去拿开衫。我急忙阻止了她。

"知道了,知道了,我穿。"

"感冒了可怎么办?真是的!"

"我穿,你别再动了。"

我粗鲁地从筐子里拿出开衫,心想,这个人可真是的!

输液装置里的液体缓慢地往下滴着。

"担心孩子是父母的职责。"

母亲又咳了起来。虽然她咳嗽的次数减少了,但胸口的疼痛似乎还未消失,她的脸因疼痛而扭曲了。

"妈妈,别说话了。拜托了!"

我小声责备她,可她完全没听。

"这是我作为母亲的职责,没办法。你可能觉得我很烦人。"

当然了。我确实这样想,但这不是现在该告诉她的事。

"先睡吧。"

听了我的话,母亲竟然顺从地闭上了眼睛。

我想在另一张空床上睡觉,但我不能擅自那么做。我坐在椅子上,抱着胳膊,闭上了眼睛。母亲的开衫对我来说太小了,穿上肯定会撑大了,我只把它盖在膝盖上。

半梦半醒间,我做了几个极短的梦。我梦见自己坐在一个人的自行车后座上摇摇晃晃,还梦见我坐在一个人的膝盖上……似乎都是我童年记忆的片段。我差点儿从椅子上摔下去,一下子就惊醒了,然后重新坐好。就这样反反复复的,不知不觉中，我发现窗帘的缝隙里透出了细细的白光。

母亲还在熟睡，我蹑手蹑脚地走出了处置室。来的时候没注意，这时才发现医院建在河边。门诊大厅有大大的玻璃窗，透过玻璃可以俯瞰河流。在晨曦的映照下，水面闪闪发光，我那因为睡眠不足而有些睁不开的眼睛疼了起来。我低下头揉了揉眼睛。抬起头时，我看到一个人正向医院走来。起初我以为认错人了，后来又想是不是因为来这里后一直很不安，所以产生了幻觉。然而都不是。黑田先生径直走过来，看到玻璃窗旁的我，立刻举起了一只手。我匆忙走出侧门，黑田先生也快步走了过来。

"佐津子怎么样了？"

"是肺炎，现在还在睡觉。"

输完液，明天再做X光检查，如果一切正常，就可以回家了——我把护士告诉我的话原封不动地告诉了黑田先生。

"我该打电话给外婆和姐姐吗？"

黑田先生有些吃惊，嘴巴张成了椭圆形："当然应该啊。"

"我先给您打了电话，然后一直忙到现在。"

"是吗？"

他的表情看上去有些放松，是我的错觉吗？注意到我的目光，他的表情又严肃起来："吃吗？"他手里的白色塑料袋中放着从便利店买来的三明治。

我坐在医院外的长椅上,撕开鸡蛋三明治的包装纸。虽然在寒冷的清晨吃这个太凉了,但不知为什么我觉得绝对不能剩下,于是把它吃完了。

"肺炎啊……"

黑田先生喝了一口罐装咖啡,自言自语道。

"因为很痛苦,她的表情可恐怖了。我很害怕,担心如果她死了该怎么办。"

我在母亲面前憋回去的话竟然脱口而出。黑田先生瞥了我一眼。

"人不会那么轻易就死的。"

"是吗?"

"嗯,不过要死的时候就会死得很干脆。"

我想问那是什么意思,但还是放弃了,因为我想起黑田先生的父母都过世了。

"小清,你一个人真是辛苦了。"

黑田先生依然面朝前方,伸手拍了拍我的后背。我不想让他看到我快要扭曲的脸,于是慌忙站起来佯装眺望河流。

太阳的位置似乎变了,水面不再闪闪发光。每当有风吹过,水面的波纹就会慢慢变化。河床上做体操的人和遛狗的人陆续出现。

"流动的水……"黑田先生喃喃自语道。我转身看他,只见他注视着河水。水确实在流动,因为这是一条河。我想问他为什么要说这种拐弯抹角的话,可是说到"为什么"的时候,我的声音戛然而止——我的脑海里有什么东西在闪。

我以前也听黑田先生说过"流动的水",只是那段记忆太遥远了,很难一下子想清楚细节。这令我十分沮丧,明明就在那里……

"那个……"

黑田先生好奇地抬起头来,眼睛眯成了一条缝儿。太阳在我身后似乎又变了位置。

尽管X光显示母亲的肺部还有白色的絮状阴影,但她还是得到了出院许可,不过必须在家静养。外婆说会结束旅行,尽早回来,可是母亲拒绝了,她似乎还在逞能。已经离开家的姐姐很担心母亲,便带着手提箱回来了,细心地照料母亲。

"正好我这周休假了。"

姐姐休假应该是为了准备结婚典礼和其他事宜,现在却打算在假期中全心全意地照顾母亲。

"市政厅的工作必须暂时放一放。"

姐姐一边搅着锅里的粥,一边回头看躺在起居室里的母亲。母亲说了一句"我都说知道了"就转过身去。她本该在房间里躺着,可她坚持说想看电视,所以就在起居室里躺下了。

"姐姐。"

往碗里打鸡蛋的时候,我悄悄地和姐姐说话。姐姐大声喊道:"嗯?怎么了?"明明我是为了不让母亲听到才专门小声说的……

"明天我要给婚纱刺绣了。"

婚礼在星期日举行,婚纱必须在星期六交给负责妆发的美容院。今天是星期四,明天必须完成,否则就会来不及。我打算请假。

"什么?这不是请假的正当理由啊。"

听到声音,母亲问:"你们在说什么?"说着,她就要从被子里钻出来。

我和姐姐异口同声地喊道:"好了!快睡觉!"

"总之,我已经决定了。"

"你不是说还没决定绣什么图案吗?"

"已经找到了。我有非常想绣的图案。"

听到我这么说,姐姐有些吃惊地瞪大了眼睛:"……知道了。"

我轻轻地回头看母亲,她那裹在被子里的身体看起来莫名地小。

第二天一大早我就悄悄收拾好,走进了外婆的房间。吸气,再缓缓呼气。我数完针数,对婚纱行了个礼——这是我拿针前一贯的仪式。

"小清。"姐姐悄无声息地拉开拉门,低声呼唤我的名字,"真的没问题吗?"

她克制地皱着眉。我不知道她担心的是我请假的行为还是刺绣。我胸有成竹地说:"没问题。"尽管如此,她还是不安地搓了搓手,说:"有什么我能帮忙的吗?"

老实说,姐姐可能连扣子都不会缝,可是有一件事只有她能做到。

"来,穿上婚纱。"

"现在?在这儿?"

"嗯,我想绣一个你穿上的时候看起来最漂亮的图案,所以请你穿上让我绣。"

姐姐换上婚纱,我跪在她脚边,把针插进裙摆里。插第一针果然需要一点儿勇气,接下来手就会自然地移动。像画线一样，我将细细的线叠加起来。我时而让手中的线笔直地延伸，最后演变成"S"形；时而绣一条缓和的曲线，与其他线条相互缠绕，又各自分开延伸。姐姐站在那里，凝视着我的手。我知道她在看我，可我竟然不紧张。每绣一针，我的心情都会平静一分。

"不只是白色，我还想用一些银色的线，你讨厌吗？会不会太华丽？"

"没事，你按照自己的想法来。"

听到这句令我意外的话，我抬起头，发现她看我的表情十分温柔。

"可以吗？"

"嗯，我相信你。"

我拿针的手指微微颤抖。然后，我在白线上叠加了银线。

"对了，这是什么刺绣？"

"流动的水。"

"什么意思？"

希望你成为流动的水——我确实听见了这个声音，既是黑田先生的声音，也是父亲的声音。当时的事我都想起来了。

小学四年级时，老师布置了调查自己名字的由来这项作业。我问母亲，她不高兴地说"不知道"，然后把头扭向一旁。我问外婆,她也不太清楚。最后我什么也没写就到了提交日期。

"没交作业的只有松冈同学一个人哦。明天一定要带来!"

在班主任的叮嘱下,我只好骑自行车去了黑田缝纫厂。母亲和外婆都不知道,那么能问的人就只有父亲了。我大致知道黑田缝纫厂的位置,因为以前父亲带我去过。虽然离我家只有两站地,但骑车感觉很远。那是第二学期结束前的一个大风天,天空灰蒙蒙的。每当有风刮过,我握着车把的手指都会冷得失去知觉。

终于到了,父亲却没有应门。我不死心地按了好几次门铃,黑田先生从住房兼工厂里走出来说:"阿全早上就出去了。"

"去哪儿了?"

"不知道。你来干什么?"

黑田先生的脸上没有一丝微笑。虽然我知道他不是那种会和孩子开玩笑的人,但还是害怕得说不出话来。

"你不会是离家出走了吧?"

看到他眉头一皱,我慌忙摇了摇头。我前言不搭后语地对他解释,他耐心地听着。

"原来如此。回去吧!"

听完我的解释,他怒气冲冲地说道。

"为什么?"

"别问了。今天就先回去吧!"

他果然生气了。我快哭了,只好回家。我不知道惹他生气的原因,脑子里一片混乱。天色暗了下来,我急得踩不稳脚踏板。终于回到家,母亲正在门口等我,她对我的晚归非常愤怒。

第二天,放学回家后(在学校里因为没交作业被老师训斥了),我发现黑田先生在我家门口等我。

"小清,可以聊聊吗?"

我们沿着河边走了一会儿,黑田先生慢慢地从西装内袋里拿出一张折起来的纸,他额头上的青筋鼓起,我害怕极了。

"我问了阿全……"

"啊?"

"你名字的由来。"

那张折起来的纸似乎是某份文件的背面,上面写着"甲""乙"等字样。

"我只读一遍哦。"

"等……等一下。"

"你记好了。"

黑田先生不理会我的慌张,重重地清了清嗓子。我清楚地记得,他的耳垂不知为何变得红通通的。

"首先从水青出生时说起。起初想用在取名指导书里找到的'爱'字为她取名,这是个好名字,我希望她能成为被大家爱着的孩子。水青的母亲在生她时难产,生产大概花了十个小时。我等在产房外,听见了她的声音。一般婴儿的哭声都是'哇——',但她的哭声完全不同,仿佛流水潺潺,美丽又温柔。所以我想在她的名字中加入'川'或'流'等字,可阿飒说不喜欢,于是就取了'水青'。"

黑田先生一动不动地站着阅读名字的由来,像极了法庭剧中宣读起诉书的场景,路过的人都露出了讶异的表情。

"清澄则是抵达医院不到三十分钟就出生了,他的哭声也像流水的声音,但更像一条稍微湍急一些的河流的水声。那时,阿飒同样强烈反对'流'这个字,可能她觉得会想到'流走'这种不吉利的词。她说想取一个听起来更强壮的名字。可是,小清……"说到这里,黑田先生又清了清嗓子。我注意到他没有生气,从他湿润的双眼可以看出他好像深受感动,"流水不会凝滞,总是流淌着,因此是清澈的。'从来没有弄脏过'和'清澈'不一样。我认为持续流动、不会凝滞的水算得上'清澈'。在成长的过程中,他可能会经常哭泣、受伤,也会有悔恨和丢脸的时候,但我希望他能继续前进,希望他成为流动的水。我要说的话就是这些。"黑田先生又说了一遍"就是这些",把纸收进口袋里,逃跑似的快步离开了。

我讲这些给姐姐听的时候,手里的针线活儿也没停下。姐姐看了一眼墙上的时钟,喊道:"已经十一点了。"原来我让她站了很长时间。

"要不我给你搬把椅子过来,稍微休息一下?"

"不用,没事。不过我希望你去看看妈妈。"

姐姐说早上给母亲送完饭就没再去看她了。拉开拉门,起居室里传来调低了音量的电视声。我蹑手蹑脚地走过去,发现母亲正躺在躺椅上看录好的电视剧。我正要偷偷溜回去的时候,她突然回头,与我四目相对。

"小清,你怎么没去学校?"

"嗯,我请假了……"

我本来以为,如果母亲问我,我会毅然回答她,实际上我有些退缩了。我已经做好了被责备的心理准备,母亲却只说了一句"哦,是吗",然后接着看电视剧去了。

我返回房间,对姐姐说了这件事。姐姐只是"嗯"了一声,耸了耸肩。

"你不觉得妈妈的反应很不像她吗?"

"是吗？嗯，你一定有很多想法吧，妈妈也是。"

之后，她在房间里一会儿踱步一会儿坐下。我在下一步需要绣的地方小心翼翼地做记号。

"可以脱掉了，谢谢你。"

姐姐说："没关系。"

我留下她，走出了房间。我觉得我还可以继续绣，但我不希望自己事后感到疲惫。母亲生病一事让我明白，过于相信自己的体力和能力可能会酿成大祸。

姐姐换上平时穿的衣服，我和她一起去便利店买午饭的食材。还以为像冬天一样冷的日子会持续下去，没想到今天光是走路就出汗了。十月是气温这么不稳定的季节吗？

姐姐边走边说："刚才你说的名字的由来，我以前一点儿都不知道。"其实我也完全忘了，也许这段记忆是被当时终于能交作业的如释重负感冲淡了。"我还想知道更多。"姐姐生气地说。我把视线移开，眺望着河流。

我记忆中的大部分风景都理所当然地与河流有关。如果我们没有出生，会比较好吗？一次和父亲一起眺望河流的时候，我把这个突然浮现的问题咽了下去。我害怕听到回答。可是我和姐姐出生的时候，父亲确实希望我们成为流动的水。

吃罢午饭，我再次拿起针线。姐姐穿上婚纱的样子已经在我的脑海中定格了，因此剩下的部分只要套在假体模特儿身上就能完成。太阳穴突突地跳个不停，我用了好几次眼药水，疼痛依旧没有减轻。我用两个坐垫当枕头，闭上了眼睛。

我依稀记得有人给我盖上了毛毯，还有人摸了摸我的脸颊。我原本只想让眼睛休息一下，可眼皮沉得根本睁不开，睡着了。我在心里焦急地想，必须醒来，必须醒来。可就像有人揪着我的衣领一样，把我拖进了深度睡眠的世界。这样反复了几次，我终于睁开了眼，发现胡桃正看着我。我们四目相对，可我一时无法动弹。我还以为是梦境的延续。胡桃说："打扰了。"我这才意识到不是梦。

"咦？你怎么来了？"

"来探望你啊。"

胡桃挺直了腰背端坐着，她的视线在针线盒、婚纱和扔在榻榻米上的眼药水之间来回移动。

"我已经从你姐姐那里听说了你装病请假的事。"

我不禁缩着脖子说："抱歉。"

胡桃嘴角上扬："干得不错。我把今天的课堂笔记带来了。"

我心里既充满了感激，又为自己睡到这个时候而感到焦躁不安。

我突然感觉脖子受到了一阵强烈的刺激。原来是不知何时走到我身后的胡桃正在用大拇指使劲按我的后颈。

"咦？咦？怎么了？"

"这里有个穴位，对缓解眼睛疲劳很有效。"

"啊……是吗？谢谢。"

"等会儿你眼睛疲劳了，我再帮你按。你现在要继续刺绣了吧？"

她说"等会儿"，也就是说她打算在这里多待一会儿。我不能对她说"快回家吧"，于是把用作枕头的坐垫递给了她。虽然觉得困扰，可转眼间就习惯了她在房间里。或者更准确地说，是我一拿起针就忘了她。也许是因为睡了几个小时，我的身体轻飘飘的。

从西侧的窗户望出去，天空的颜色变得跟橘子酱一样，给榻榻米、婚纱和我的手染上了一层柔和的色彩。每绣一针，我的心里都暖洋洋的，可我的大脑却像冬天早上深呼吸时一样清爽、冷静。我不停地绣着。

"小清，你将来会成为制作服装的人吗？"

胡桃的声音似乎从很远的地方传来。明明我们在同一个房间里，她的声音听上去却很遥远，不过我听得很清楚。我想了一会儿，回答道："不知道。"

胡桃冰凉的手指轻轻地抚摸我的脖子。我闭上眼睛，她的手指移动到我的两眼之间，接着用力按压我的太阳穴。我觉得相当疼，这是否意味着起作用了？

"但我希望能继续做下去，毕竟我很喜欢刺绣。我不知道是否存在一种只靠一直刺绣就能谋生的工作。即使不是工作，我也想一直坚持下去。"说罢，我睁开眼睛，回头看胡桃。

胡桃用力地点头，她的脸也被染上了一层橘子酱的颜色，十分美丽。

"我也是，因为喜欢很重要。"她害羞地耸了耸肩，"正因为很重要，所以我一直不想通过自己喜欢的东西是否流行或者是否能赚钱之类的标准进行选择。"打磨石头有什么好玩的？能派上什么用场？这种问题，胡桃或许被问过许多次了。不，一定是这样。因为我就是这样的。

"你说要把喜欢的事变成工作，可有时候喜欢的事不一定能赚钱，就像我喜欢打磨石头一样。不过喜欢就是喜欢，将来我想一直做下去，无关工作。喜欢的事和工作不相干并不意味着失败，没错吧？"她坚定的语气听起来不像在征求我同意。心里想的事说出口会更加坚定，也许胡桃是想通过对我说的方式来说服自己。她满意地呼出一口气，开始在口袋里东翻西找。

"这个给你。"

她把一块扁平的椭圆形石头放在我手上。石头光滑、冰冷,紧贴手心的凹陷处。我用手指摩挲石头中间细长的白色纹路。

"要打磨多久才能让石头光滑到这种程度?"

"哦,这不是我打磨的。"

"咦?是吗?"

"捡到它的时候就是这样的。"

看来这块石头花了难以想象的时间才在流水的冲刷下变成了这样的形状。

"水的力量真厉害啊!"

"再见,我该回去了。"胡桃突然起身。

我急忙追上快步走向玄关的她。

"我送你。"

"不用。我自己来的,自己回去。"

胡桃说真想看看我的刺绣成品。不知为何,她意味深长地瞥了一眼我的额头,然后离开了。

"咦?她回去了?我还想让她在这儿吃晚饭呢。"

姐姐从厨房里走出来,遗憾地哼了一声。

胡桃给我的石头虽然不是什么宝石,但我感觉那是了不得的东西。我小心翼翼地把它放进口袋里,隔着布料轻轻地按压。

"小清,你额头上有根线头。"

姐姐指出来,我才明白胡桃刚才为什么看我。我的脸颊渐渐红了起来。

我不太记得晚饭吃了什么、吃了多少,满脑子都是未完成的刺绣。我一个劲儿地绣,大口喝水,按压胡桃教我的穴位。窗外是蓝色的夜晚,不知哪里有只狗在叫,还能听到车辆往来的声音。即使太阳西沉,世界仍在运转。

我看了一眼时钟,已经过了零点。我想一鼓作气地完成,可如果在这当口儿失败了,那可真是鸡飞蛋打。我拉过毛毯,躺在榻榻米上。如果睡在自己的床上,我大概会睡到早上,所以我打算在这里小憩一会儿。

我闭上眼睛,却怎么也睡不着。我翻了好几次身,门被轻轻地拉开了。我微微睁开眼睛,看到母亲蹑手蹑脚地走了进来。她一动不动地站在婚纱前。由于她背对着我站在黑暗中,我根本看不到她的表情。

"您不睡能行吗?"

我说罢,母亲惊呼一声,浑身发抖:"你怎么回事!醒着就说一声啊！"她显然是因为白天睡得太多，现在睡不着了。"我感觉已经睡够了一辈子的觉。"说着豪言壮语的母亲确实不咳嗽了，脸色也好多了，只是睡衣外面套着的抑制肺疼的矫正服让她看起来可怜兮兮的。

见母亲没打算出去，我索性放弃睡觉，打开了房间的灯。我拿起针，母亲再次看向婚纱，嘴唇嚅动着，似乎在说"干脆说不做多好"之类的话。我警惕地看着她，她却问了我一个莫名其妙的问题："是祝愿吗？"

"啊？祝愿？"

她反复问了我几次，我才明白她这样问是因为听到了我之前对绀野先生说的话。

"这些刺绣是你对水青的祝愿？还是爱的证明？"

听了母亲的话，我也抬头看着婚纱。

"真羡慕啊。"

听了她的话，我简直不敢相信自己的耳朵。

"羡慕？什么意思？"

"羡慕你能为水青做这种事，或者说有这个想法。我从没为你们缝过一块布。我就没有这种想法。"

虽然我以坐姿仰视着母亲，但她的身体还是显得那么小、那么无助。

"不是的。"

"啊？"

"我刺绣仅仅是因为开心。"

我刺绣的时候最开心。一针成线，叠加成面。只用一根根线就能在布料上让花盛开，让鸟飞翔，让水流泛起波浪。我喜欢这些，甚至想喊出声来。每当我想到自己的手在创造这些，就会感受到炫目的热流。这股热流在我的身体里喧嚣着爆裂开来，每每让我幸福无比。我真切地感受到，我还活着。

"我不理解。"

"没关系。"

就算母亲不理解也没关系，我也不指望她能理解，只希望她能看着我继续前进。

河流会汇入大海，水在流向大海的时候会想什么？会不会担心能否到达大海？我不知道。虽然不知道，但我还得继续刺绣。

"我刺绣是因为喜欢，妈妈不做针线活儿、不做饭是因为不擅长吧。为了家人努力做不擅长的事，我不认为那是爱。"

"可是你……那个荷包……"

母亲的声音又尖又细，越说声音越轻。

"荷包怎么了？说清楚点儿。"

"因为是外婆给你缝的,你很珍惜吧?"

"啊?不,只是因为尺寸正好,所以才想用。"

母亲傻乎乎地说了一句"咦",嘴角也奇怪地咧开了:"是吗?"

"这个荷包正好可以用来收纳眼药水、唇膏之类的零碎物品,仅此而已。"说着说着,我忽然想起了遥远的往事——母亲的后背,还有不断流向身后的街景。母亲一边踩着自行车的脚踏板,一边愤怒地说:"那个老师到底怎么回事?!"她的声音不对劲,听起来像在哭。她可能刚刚经历了一场"谈判"。

"我从没想过不给我缝荷包的妈妈不爱我。想通过做手工来展示或表达什么是每个人的自由,妈妈选择不用这种方式也是妈妈的自由。我不会也不想否定那些选择不同方式的人。"

"是吗?"母亲低下了头,我注意到她垂下的睫毛微微颤动着,我若无其事地移开了视线。

无论滴多少眼药水也没用。每次眨眼我都感觉眼球很干涩。

南侧的窗户没拉窗帘,窗外的天色渐渐发生了变化,像在蓝色的画布上逐渐涂上了白色颜料,变淡了,也变亮了。我听到某处传来的鸟鸣,有种久违的感觉。

母亲盖着毛毯蜷缩在房间的角落里,我对她说"到早上了",她微微地动了动。她明明说睡不着,后来却在我身后呼呼大睡。我很生气,想赶她出去:"至少去自己的房间睡嘛!"可最后我放弃了,我得对大病初愈的人好点儿。虽然有些许,不,非常不合理。

我摇了摇母亲,告诉她:"我想让爸爸看看这件婚纱。"我刚才一边刺绣,一边想着这件事。父亲不来参加婚礼。虽然姐姐邀请了他,但他以"不,我对不住阿飒"为由,和之前一样客气地拒绝了。

母亲半睡半醒地回答:"啊……那就……把他……叫到这儿来?"

"可以吗?"

"我是不会见他的。"她揉了揉眼睛,走出了房间,大概打算回自己的房间睡。

我终于放心了。这时,肚子传来咕噜一声,我立刻飞奔到厨房。姐姐似乎也刚起床,正打着哈欠把吐司放进烤面包机里。

"小清,早啊!吃不吃煎鸡蛋?"

"嗯！"我马上回答，然后又补充道，"我要两个鸡蛋！"

"正是能吃的年纪呢。"

"嗯！"

"声音好大。"姐姐垂下眉头问我，"你很兴奋？"

我不知道，只觉得眼睛酸涩，身体轻飘飘的。牙齿有种松动的感觉，脑袋的一部分倒是清醒得很。

"我可以把爸爸他们叫过来吗？"

正在给烤吐司涂蜂蜜的姐姐缓缓地抬起眼睛看我："他会来吗？"

我不知道他会不会来，但我希望能告诉他，我想让他看看婚纱。我给黑田先生和父亲发了短信："婚纱快做好了，希望你们来看看。"手机很快就响了。我还以为他们这么快就回复了，没想到是外婆打来的电话。

"喂，小清吗？"

虽然只隔了几天没见，但不知为何，我很想念外婆。话筒里传来一片嘈杂的声音，我问她在哪儿，她说刚乘坐夜行巴士回到大阪。"马上就到了。"

"好，注意安全。"

刷牙的时候，我想起了昨天胡桃说的"想看刺绣成品"，于是我也给胡桃发了信息。我用凉水洗了脸，然后将最后一根线穿过针鼻儿。

一针成线,叠加成面。这样一来,不起眼的线就能变成漂亮的图案。绣完最后一针,我怔怔地坐了一会儿。我发不出声音,指尖也没了力气。身后突然传来一声"哇",我惊讶地回头看。姐姐正手扶拉门站在那里,眼睛睁得大大的。

"这就完成了?"

"嗯,嗯……怎么样?喜欢吗?"

"我可以试一下吗?"

"当然。"

我走出房间,在走廊里等姐姐换婚纱。隔着拉门,我听见姐姐对我说"谢谢"。我想说"不客气",声音却哽住了:"我只是想刺绣而已。"

拉门一下子打开了。身穿婚纱的姐姐有些害羞地耸耸肩膀,低声说:"我知道。不过还是谢谢你。"

她的左肩至胸前垂直延伸着白色的线,象征着雨。腰部以下至裙摆处有几道绕身体一圈的细长的镶边线。白色的布料上绣着极细的白线,不会破坏纱布做成的婚纱的轻柔质感。裙摆越向下的部分银色的线越多。

"你转一圈看看。"

姐姐在镜子前转了一圈，裙摆上的银色刺绣闪闪发光。

窗外的世界已经完全从白色调变成了浓奶油色调。正如我想象的那样，在阳光的照射下，一条闪闪发光的河流出现在婚纱上。姐姐每动一下，婚纱就会轻轻地摇曳，宛如风吹过水面的样子。我打开窗户，让清晨微凉的空气进入室内。榻榻米上散落的线头随风飞舞起来，仿佛在跳祝福的舞蹈。

姐姐把手机放在耳边说："喂，喂。"她的声音听起来很兴奋，"你快来，我想让你看看。你一定会吓一跳。"

电话那头应该是绀野先生。姐姐没有回答我刚才问她是否喜欢的问题，可是看到她满面红光地叫绀野先生快来，整个人看上去闪闪发光，已经足够给我答案了。

眼里有一股热流涌出，我有些惊讶，可我没有忍着，也没有用手捂住。一眨眼，几滴眼泪掉了下来。姐姐看了我一眼，没有责备我，而是微笑着说："咦？你哭了？"这样挺好。

从早春至今天的记忆就像电影预告片一样接连浮现在我眼前。也可以说像走马灯一样，不过那样听起来似乎很快就要死去，我不喜欢。我还有许多事要活着去做。

门铃响了，我和姐姐面面相觑。

"绀野先生？已经来了？"

"不会吧，那也太快了。"

站在门外的人可能是黑田先生，如果是他，那么同来的会不会还有被他拖来的父亲？也可能是两手抱着旅行纪念品的外婆，还有可能是赶来看婚纱成品的胡桃。但不管谁来了，门都是我开。我光脚站在玄关处，缓缓地打开门，颜色如卡仕达酱般的晨光从门缝里照进来，温柔地洒在我冰冷的脚背上。